백삼진 제3수필집
비와 폭풍과 별과 야자수

비와 폭풍과 별과 야자수

펴 낸 날   2021년 4월 30일

지 은 이   백삼진
펴 낸 이   이기성
편집팀장   이윤숙
기획편집   이지희, 윤가영, 서해주
표지디자인 이지희
책임마케팅 강보현, 김성욱
펴 낸 곳   도서출판 생각나눔
출판등록   제 2018-000288호
주   소   서울 잔다리로7안길 22, 태성빌딩 3층
전   화   02-325-5100
팩   스   02-325-5101
홈페이지   www.생각나눔.kr
이 메 일   bookmain@think-book.com

• 책값은 표지 뒷면에 표기되어 있습니다.
  ISBN 979-11-7048-230-7 (03810)

백삼진 제3수필집

비와 폭풍과 별과 야자수

생각나눔

비와 폭풍과 별과 야자수

문득 80여 년의 인생을 돌아보면서 "그 우편 손에는 장수가 있고 그 좌편 손에는 부귀가 있나니 그 길은 즐거운 길이요 그 첩경은 다 평강이니라(잠언3:16~17)."라는 성구를 떠올려 본다. 100세 시대에 장수하였다고 하면 장수를 누리면서 살았다할 것이요, 30여 년 동안 선교사로 활동하면서 나름대로 유의미하게 살았다고 생각하니 진정 그 길이 즐거움의 길이요, 축복의 첩경을 걸어왔다고 생각하지 않을 수 없다.

여기서 아쉬운 것은 문학은 나에게 있어 줄곧 선교를 위한 방편으로 사용되었다는 사실이다. 실제로 이번에 상재하게 된 제3수필집 『비와 폭풍과 별과 야자수』는 마닐라에서 발행하고 있는 교민신문에 매주 1회씩 2년 동안 연재한 것들이고, 태반이 선교활동에서 길어 올린 결과물들이기에 그리 생각하게 된다는 고백이다. 나머지의 것들은 일시 귀국 시에 나름대로 틈틈이 문학성을 살피면서 쓴 작품들임을 말씀드린다.

　　조급해 하지 말자. 100세까지는 아직도 살 길이 무궁하다. 영육
간의 건강을 위해서 먼저 기도드리고, 문학에의 열정과 선교사역 의
지가 녹슬지 않도록 더욱 분발하자고 스스로 다짐해본다. 그동안 관
심과 격려로 끊임없이 헌신하신 오병이어선교회와 엘이레선교회에
감사드리고, 자녀들과 사위와 자부들, 그리고 손주들인 주현, 준현,
승현, 해린, 준서 등 모두가 합력하여 선(善)을 이루면서 살게 되기
를 위해서 기도드린다. 여호와닛시!

저자 은주 백삼진

목차

1부 봄날의 한때

2부 생명학 개론

옷깃에 스미어드는 바람은 아직도 차갑기만 한데 살랑 바람이 부니
크고 작은 꽃가지들이 간단없이 흔들렸다.

1부

봄날의 한때

봄날의 한때

　　오랜만에 걸어보는 둔치 길이었다. 땅은 축축이 물기에 젖어 있었으며, 파릇파릇 풀들이 돋아나 있었다. 그 사이에는 클로버가 옹기종기 모여 있어서 비단길 같은 포근한 마음이 되었다. 둔치에는 개나리꽃, 진달래꽃들이 화려한 자태를 뽐내며 한창 피어 있었다. 때는 4월 중순, 옷깃에 스미어드는 바람은 아직도 차갑기만 한데 살랑 바람이 부니 크고 작은 꽃가지들이 간단없이 흔들렸다.

　　"아, 봄이로구나!" 나도 모르게 내뱉은 소리였다. 그러나 봄은 벌써 우리 강산에 한 달 전부터 와 있었다. 모처럼 일정을 잡아 귀국한 후 처음으로 나가본 둔치였기에 절로 감탄사를 발하게 되었다. 그뿐만 아니라, 언덕에는 목련꽃이 활짝 피어 있었으며, 벗나무에는 벚꽃들이 서로 다툼이라도 하듯이 나뭇가지를 하얗게 물들이고 있었다. 개나리꽃의 노랑과 진달래꽃의 빨강과 흰 벚꽃의 대비가 그렇게 아름답고 현란할 수가 없었다.

　　여기 둔치에서는 항상 그랬다. 꽃이 피는 순서로는 개나리꽃이 먼저였고, 그다음은 진달래요, 그다음은 목련이요, 그다음이 벚꽃 순이었다. 이쯤에서는 싸리꽃도 피었고, 하순께로 가면 철쭉이요, 그다음이 라일락이었다. 나는 그런 것을 셈이라도 하는 듯하다가 한편 쪽에 기울어져 피어 있는 싸리 꽃나무 앞에서 발걸음을 멈췄다. 이 꽃은 다른 꽃에 비해서 볼품이 없는 것 같으나 애잔한 맛이 있었다. 가지는 곧지 않고 휘며 잎은 3줄 겹잎으로 마주 보며 잎자루를 가지고 있어서 다정다감한데, 그러함에도 불구하고 다른 현란한 꽃들을 감상하다 보면 무심중에 지나쳐버리기 쉬운 그런 꽃이기도 했다.

그러면 꽃 중에 제일 먼저 피는 꽃은 무슨 꽃이던가? 복수초라고 하나 어디서 본 것 같은 기억은 없고, 대개로는 풍년화가 제일 먼저 피는 꽃으로 알려져 있다. 그 복수초는 잘 모르지만, 풍년화는 내가 잘 알고 있는 꽃이었다. 한때 이층집에서 떵떵거리면서 잘 살던 때가 있었는데, 우리가 그 집에 이사 가기 전부터 있던 꽃나무가 풍년화였다. 복수초가 눈 속을 뚫고 올라와서 대지에 새 생명의 숨을 불어넣으면 잠시 숨을 돌린 후에 제일 처음 봄이 왔음을 알리는 꽃이 풍년화였다. 풍년화는 넓은 타원형의 잎이 나오기 전에 향기로운 꽃이 먼저 노랗게 핀다. 꽃잎은 손톱 길이 남짓 하고 실처럼 가느다라며 네 장이 거의 뒤로 넘어지면서 약간씩 비틀어져 있다. 꽃잎 사이에는 작은 꽃받침이 있고 안쪽은 붉은색을 띤다. 풍년화를 가만히 보고 있으면 아직도 추운 바람에 내맡겨져서 오들오들 떨고 있기에 애잔한 마음이 되었다.

그러함에도 불구하고 우스운 것은 나는 몇 년 전까지도 해도 제일 먼저 피는 꽃으로는 갯버들로만 알고 있었다는 사실이다. 2월 초순쯤 아직도 겨울인데, 시냇가에 나가보면 갯버들이 빠끔히 눈을 뜨고 있음을 발견하게 되는데 나는 그런 현상을 어처구니없게도 꽃봉오리로 착각하고 있었다는 것이다. 정작 꽃이 피기로는 4월 중순쯤이었다. 꽃은 단성화로 잎겨드랑이에서 자줏빛으로 피는데, 일부러 아니면 냇가까지 내려가서 갯버들 꽃을 감상하게 되지는 않는다.

입지조건이 좋은 곳에서 살고 있다는 생각을 하였다. 내가 사는 아파트에서는 채 5분도 되지 않는 거리에 있는 둔치 길이다. 이른 봄부터 꽃들이 계속 피고지고 하니 둔치 길을 걸을라치면 소월의 시를 절로 읊게 된다. "엄마야 누나야 강변 살자/뜰에는 반짝이는 금모래 빛/뒷문 밖에는 갈잎의 노래/엄마야 누나야 강변 살자"

토요일 오후나 일요일이 되면 사람들이 둔치 길로 쏟아져 나오듯이 한다. 유모차를 끌고 있는 젊은 엄마들을 보면 저절로 힘이 솟는듯하고, 벚꽃나무 아래 서로 의지하고 앉아서 대화를 나누고 있는 노부부들을 보면 인생길이 모두 축복 아닌 것이 없다는 생각을 하게 된다. 금혼식을 며칠 앞둔 시점에서 바라보니 더욱 그러했다. 이 시점에서는 화무십일홍(花無十日紅)이니, 인생칠십고래희(人生七十古來稀)이니 하는 것들은 생각하고 싶지도 않았다. 여태까지 잘 살았으니 앞으로도 계속해서 잘 살겠거니 하는 생각, 꽃은 지는 것조차도 다시 꽃을 피우기 위해서 지는 것이라는 생각만을 하게 되더라는 것이다. 하여, 봄날은 언제나 우리에게 기쁨을 안겨주고 희망찬 내일을 바라보게 하며, 몸을 가꾸고 마음에 행복을 심으며, 하루하루를 유익하게 살게 되기를 위하여 기도하게 된다. 추운 겨울을 이겨내고 피어나는 꽃들처럼 인생길이 오직 굳건하고 찬란하기만을 위하여!

어머니, 나의 어머니!

어머니 생각을 한다. 요즈음에 와서 자주 하게 된다. 나이 탓인가! 어머니보다 내가 더 오래 살고 있기 때문인가? 50대 초반에 돌아가신 어머니! 그래서 그런지 어머니를 생각할 때면 아려오는 마음이다. 지금 생존해 계시면 100세도 훨씬 넘으신 연세 시지만 아무것도 해드린 것이 없으니 불효자나 마찬가지다. 그저 애틋한 마음으로 생각에 생각을 거듭할 뿐임을 고백하지 않을 수 없다.

어머니는 내가 열네 살 때 돌아가셨다. 지금 같으면 아무것도 아닌 해수병을 앓다가 돌아가신 것이다. 약을 제대로 쓰셨는지 모르겠다. 한번 기침하시면 숨이 끊어질 듯하니 나는 그저 조막손이라 할 수 있는 작은 손으로 등허리만 쳐 드렸을 뿐이었다. 그러면 어머니는 늦둥이인 나를 기특하다는 듯 꼭 품어주시곤 하셨지. 헐렁한 가슴이었지만 그렇게 정답고 따스할 수가 없는 어머니의 가슴이었다.

우리 집은 광장시장에서 과일 상회를 하고 있었다. 과일은 광장시장 안 경매센터에 있어서 어렵지 않게 구매할 수 있었다. 그러나 좋은 과일을 확보하려면 아침 일찍 경매에 참석해야 했기에 새벽길을 달리다시피 오가시던 어머니의 모습이다. 가게를 마련하기 전까지는 어머니가 강나루를 건너가서 배추 등 채소를 사다가 팔았었다. 그런가 하면 어머니는 생선을 사다가 어물을 팔기도 하였다. 어머니의 그런 수고가 아니었으면 광장시장 안에서 어떻게 점포를 마련할 수 있었겠는가? 젊어서 부터 앓고 있던 해수병이었다. 그러하셨으니 해수병 치료는 그다음이었고 병이 점점 깊어져서 골수에 사무쳤던 것이 아닌가 한다.

아버지는 유학자셨다. 서당 같은 것을 열고 동네 아이들을 가르쳤고 수원백씨 대종회 일을 틈틈이 보고 계셨다. 수원백씨 시조는 당나라 소주 사람 백우경(白宇經)이고 중시조는 백창직(白昌稷)이다. 수원을 본관으로 처음으로 쓴 사람은 백효삼(白孝參)이다. 1927년 간행된 갑자대동보(甲子大同譜)는 아버지의 수단(收單)으로 편찬 발행한 것이다. 따라서 아버지가 강나루 건너 봉원사 인근 밭에서 채소를 사온다든가 어물장수를 한다든가 하는 일은 거의 없다시피 하였다. 그 모든 일은 오로지 어머니의 몫이었다. 그렇다고 아버지를 원망하는 것은 아니다. 아버지께서 하시는 일을 배려하는 어머니의 헌신적인 모습이 아닐 수 없다.

요즘에 와서 부쩍 어머니를 생각하게 하는 것은 그 해수병 때문이다. 악화가 양화를 구축하듯 어머니의 그 해수병이 내게로 와서 내 건강을 구축하고 있는 요즈음이다. 재작년에는 외국에 장기체류 중 해수병이 발생하여 약도 없이 혼쭐이 난 바 있었고, 올해에도 벌써 두세 차례 병원에 가서 처치를 받은 바 있다. 그래서 기침을 심하게 하면 할수록 그때마다 어머니를 더욱 깊이 생각하게 된다는 말이다.

어머니를 원망하지 않는다. 오히려 해수병 인자를 전달하신 어머니를 향해서 "감사합니다."라고 기도를 드린다. 그런 기도를 하게 됨은 일심동체! 동행하는 삶! 바로 그것이 아니겠는가 하여서 요즈음은 해수병이 발동해도 행복하기만 하다. 기침을 심하게 하면 할수록 어머니의 사랑이 더 느껴지고 오히려 효도하고 있다는 생각까지를 하게 되니 말이다. 그래서 그런가. 어머니도 나를 갸륵하게 생각하고 계심인가! 꿈속을 자주 찾아오시는 것을 보면 나 또한 어머니를 따라서 갈 때가 되었음인가. 어머니는 꿈속을 어제도 찾아오시고, 그제도 찾아오시고…. 아, 어머니! 나의 어머니!

가을의 노래

　　추석을 지낸 지 며칠 사이인데 제법 쌀쌀해진 날씨다. 이 상기온인지 아침 기온이 거의 영상 9도에 머물러 있다. 지난여름 기상 대 관측사상 40도라는, 111년 만에 처음이었다는 기록도 있지만, 가을 날씨로는 처음으로 겪어보는 일교차가 아닌가 한다. 그래서 그런지 아침부터 방송이 나왔다. 노약자들은 새벽 외출을 삼갈 것, 그래도 외출을 해야 할 것이면 옷차림을 든든히 하고 나가야 한다는 아파트 관리실의 안내방송이었다. 그렇다고 집에만 있는 사람들이 몇 사람이나 될 것인가?

　　오늘도 아침 일찍 일어났다. 짧은 티셔츠에 얇은 점퍼를 덧입고 밖으로 나갔다. 과연 추웠다. 몸이 으스스해 오기에 긴 팔 셔츠를 입고 나올 걸 하였다. 아주 두툼한 등산용 점퍼를 입고 목도리까지 두르고 나온 사람들까지 있었기 때문이다. 계절이 오려는지 가려는지, 당황하고 있는 사람들의 모습이 아닐 수 없었다.

　　강변에는 코스모스와 억새 등 이름 모를 들꽃이 자태를 뽐내면서 흔들거리고 있었다. 내가 사는 학의천(鶴儀川)의 둔치 길이었다. 의왕시 백운산에서 발원하여 안양천으로 합류하는 대표적인 생태복원하천이다. 자연과 생명이 살아 숨 쉬고 있어서 어종만 해도 10여 종이나 된다. 그래서 사람들이 많이 찾아온다. 이따금 해외 국가 생태학자들이 찾아와서 현장을 답사하고 가기도 한다. 이날 나는 천변을 따라가면서 걷기도 하고 둔치에 마련되어 있는 운동기구에 매달리면서 운동을 하였다. 그러니 조금 움츠렸던 어깨가 펴지고 찌들었던 가슴이 확 뚫리는 기분이었다. 이는 내가 선교지를 뒤로하고 귀국할 것이면 언제나처럼 새벽부터 시작하는 나의 일상이다.

때는 바야흐로 오곡백과가 무르익는 중추지절! 아침에는 쌀쌀하나 낮에는 부드러운 공기가 천지를 한없이 감싸고도니 그 속에서 삶을 영위해 가고 있는 사람들 또한 무한히 풍요롭고 행복하게 살고 있을 것이 아닌가 하여서 너그러워지는 마음이었다.

숲가 나뭇가지 황금색으로 타오르고
나는 홀로 길을 간다.
고운님과 둘이서
수없이 걸었던 이 길을.
청명한 가을의 날이 오며는
오래 오래 가슴 속에 간직했던
행복도 슬픔도
향기로운 저편 멀리로 녹아져간다.
풀을 태우는 연기 들 너머로 흐르고
그 속에서 뛰논다, 시골의 아이들이,
지금은 나도 노래 부른다.
아이들에 소리 맞추어.

　설악산 대청봉에는 벌써 단풍들이 빨갛게 물들고 있다고 한다. 나는 둔치에 놓여 있는 벤치에 앉아서 향긋한 꽃냄새와 비릿한 물 냄새에 한껏 취하고…. 마른 풀잎의 냄새도 확 풍겨왔다. 마른 풀잎의 냄새라니? 그 또한 남국의 하늘 아래서는 맛보지 못한 독특하고도 향기로운 냄새가 아니던가!

　봄에는 봄의 맛, 여름에는 여름의 맛, 가을에는 가을의 맛, 겨울에는 겨울의 맛! 4계절이 차례로 왔다 가면서 우리 인생에게 풍요와 기쁨을 베풀고 있으니 얼마나 행복한가. 하여, 봄도 없고, 가을도 없고, 겨울도 없는…. 영상 30도의 불볕더위만이 기승을 부리고 있는 저 남쪽 나라 사람들의 삶이 얼마나 고되고 삭막할 것인가 생각하지 않을 수 없었다. 주여, 감사합니다. 그런 기도를 드리면서, 해가 중천에 높이 떠오를 때까지 벤치에 앉아 있었다.

고궁에서, 커피 한 잔

친구를 만났다. 덕수궁에서였다. 경로 할인, 무료입장이었다. 대한문을 들어서면 바른편에 카페가 있었고 그 아래로는 자그마한 호수가 있어 차를 마시기에는 아주 적당한 곳이었다. "어머! 서울 한복판에 이렇게 멋진 곳이 있을 줄이야! 나 처음이야. 헛살았어!" K가 감탄사를 발했다. 이것은 도대체 말이 되지 않았다. 시골 출신이라고는 하지만 덕수궁에 한 번도 와보지 않았다니?

커피 한 잔을 뽑아 들고 천천히 경내를 돌았다. K가 처음이라고 해서 부득불 안내하지 않을 수 없었기 때문이다. 중화전 뒷길로 들어섰다. 뒷길에는 소나무들이 훤칠하게 우뚝우뚝 서 있고 고종이 사절단을 접견하면서 차를 마셨다는 유서 깊은 정관헌도 있다. 그런데 오늘은 그곳으로 가지 않고 중화전이 있는 방향으로 내려갔다. 거기 고종이 집무하던 아담한 전각이 있었다. 전각 앞으로는 제법 운치가 있는 정원이 베풀어져 있다. 그곳에서 발을 멈추었다. 누가 말을 시켜왔기 때문이다.

"저기 저, 정원 복판에 우뚝 서 있는 돌멩이가 무슨 돌인지 혹시 알고 계십니까?" 돌아보니 덕수궁에서 일을 하는 사무처 직원이었다. 나는 의아한 표정을 지으면서 "무슨~ 그거 음양석(陰陽石) 아닌가요?" 했다. "음양석이요? 관객들이 와서 물었지만 알 수가 없어서요." 하면서 쑥스러워한다. 또 질문했다. "음양석이 무엇인지요?" 갈수록 태산이었다. 그럴 수는 없는 일이었다. 사무처 직원이 모르고 있다면 문화재청 관리까지도 그 정체를 모르고 있다는 말이 아닌가!

내가 말했다. "음양석은 문자 그대로 음양석이에요. 전래석이라고도 하구요. 전체로는 남근(男根) 형태요, 그 아래 움푹 패 있는 것 보이지요. 그게 여근(女根)입니다. 대원군이 가져다가 세운 것이라고 합니다." 그러면서 생각했다. 미투 운동이 활발하게 전개되고 있는 요즈음에 남근이니 여근이니 그렇게 말해도 되는가 하였다. 혹시 그 사무처 직원이 달려가서 흉물스런 것 저기 서 있다고 철거해야 한다고 부산떨지 않을까 걱정이었다.

석조전을 끼고 돌아서 아래로 내려갔다. 석조전과 현대미술관, 중화전을 격하여 한가운데 분수대가 있는데 물개 네 마리가 경쟁하듯 물을 뿜어내고 있었다. 우리는 은행나무가 만들어 놓은 푸른 그늘 속으로 들어가 의자에 앉았다. 섭씨 36.9도! 111년 만이라고 한다. "하필이면!" 나는 중얼거렸고, K는 이글거리던 태양이 빌딩 뒤로 숨을 때까지 이 얘기, 저 얘기, 홍진 세상을 저편으로 빌딩 숲으로 밀어놓은 채, 추억담만을 계속 늘어놓았다. 젊은이들은 꿈을 먹고 살고 늙은이들은 추억을 먹고 산다더니! 종이컵에 커피는 아직도 조금 남아 있었다.

남산에 올라서

오랜만에 남산에 올랐다. 케이블카를 타고 올랐으면 쉬웠 겠지만, 돌계단을 따라서 올랐으니 숨이 턱에 닿을 만도 했다. 천천히 오르면서 등산로만 빠끔히 뚫려 있는 옛길을 되씹고 싶은 마음이었다. 그러니까 옛날에는 남산에 케이블카도 없었고 돌계단도 없었다는 이야 기이다. 그때는 리라초등학교나 숭의대학교도 없었지만, 그 학교 뒷산 길로 해서 오르는 코스가 있었는데 중턱까지의 산길이기는 하였지만 거 의 70도나 되는 바위를 50여 미터나 기면서 올라야 했던 기억이다.

정상에서 나를 제일 먼저 반겨주는 것은 언제나 늘 푸르고 해맑은 하늘뿐이었다. 오늘날 우뚝 솟아 있는 봉화대 같은 것은 있지도 않았 다. 그렇다고 남산 정상에 봉화대가 전혀 없었다는 말은 아니다. 봉화 대가 있었으련만 흔적조차 없었기에 하는 말이다. 허물어지고 없어진 것은 언제 어느 때 고증을 거쳐서 불과 수십 년 사이에 복원한 봉화대 들이었다. 오늘날 우리를 반겨주는 팔각정은 있지도 않았다. 그곳을 사 람들은 남산의 정상이라고 한다. 그러나 아니었다. 원래 정상은 그보다 는 서울 도심 쪽으로 수십 미터 앞쪽 바윗덩어리가 한 개 비스듬히 서 있던 곳이었다. 그 바위 옆에는 3~4미터의 구덩이가 한 개 파여 있어 서 안개라도 낀 날이면 으스스한 분위기를 자아내는 그런 풍경을 담고 있는 곳이었다. 그랬던 것을 메우고 그 위에 봉화대를 개축하고 팔각정은 흙더미를 쌓아 올려서 그렇게 건축한 것일 뿐이었음을 누가 알기나 할 것인가! 산 위를 메우고 깎아서 오늘날의 봉화대와 팔각정, 그리고 광장을 만들어 놓고 타워까지 세워 놓은 것을 보면 그간의 공력이 얼마나 컸던가를 짐작하게 한다. 이는 모두 내 유년의 기억 속에 자리 잡은 60여 년 전의 풍경들이다. 서울에서 낳고 자란 나였기에 저런 기억들은 너무나 명명백백한 사실이었음을 증언할 수 있다.

내가 남산에 처음 오른 것은 초등학교 3~4학년 때쯤이었다. 작은오빠와 같이 오른 산행이었다. 오빠의 손을 잡고 오르면서 바위에 긁히고 나무에 찔리고 한 것도 아득한 추억이다. 그러나 그날 엄마에게 허락도 받지 않고 산 위에 올라 갔다 왔다 온 일로 해서 얼마나 꾸지람을 들었는지 모른다. 그러하였으리라. 기화요초(琪花瑤草)에 취해서 오빠와 같이 산속을 무려 3시간이나 헤집고 다니다 왔었으니까.

그날 우리는 아침 일찍이 남산 골짜기에 와 있었다. 소쿠리와 양동이에 빨래와 쌀과 장작 등을 담아서 이고지고 앞서가시던 엄마의 젊었던 모습이 아직도 눈에 선하다. 옷가지들은 대개 집에서 빨았지만 봄과 가을 두 차례, 이불빨래를 위해서는 언제나 남산의 남산 빨래터를 찾곤 했었다. 빨래를 한 후 엄마와 함께 구워 먹던 굴비 냄새가 아직도 입맛을 돋우는 듯하다. 그날 산에서 놀다 내려오니 엄마는 바윗돌 여기저기에 홑청이랑 옷가지를 널어놓고 말리고 있었는데 이미 다 말랐는데도 거둘 생각도 않으시고 계셨다. 두 아이가 종적도 없이 사라져버렸으니 얼마나 가슴을 태웠겠는가!

그런데 남산 빨래터는 범바위 골짜기 말고도 장충동 골짜기에도 있었고, 남산공원 위쪽 골짜기에도 있었다. 장충동 빨래터가 있는 곳에서 더 안쪽으로 들어가면 4~5미터 되는 조그마한 높이의 폭포가 있었는데, 신경통을 앓고 있는 노인들이 찾아와서 등허리에 물을 맞으면서 병을 치료하던 곳이기도 하였다. 남산공원 위쪽 빨래터의 물길은 수량이 어찌나 풍부했던지 그 아래 얼마 떨어지지 않은 곳에서는 남정네들이 옷을 벗고 몸을 씻고 있어서 눈살을 찌푸리게 하는 곳이기도 하였다. 산의 반대쪽, 그러니까 이태원과 보광동 쪽 산골짜기에도 빨래터가 있었으련만 종로5가에서 살고 있던 우리로서는 그곳까지 갈 필요가 없었으니 아쉬운 일이 아닐 수 없다.

팔각정에는 긴 탁자를 닮은 나무의자가 몇 개 놓여 있었고 의자는 대개 힘겹게 올라왔을 노인들이 차지하고 있었다. 인생무상을 씹고 있는 듯도 하였다. 남산 정상이기는 하지만 거기서는 모두가 잡목에 가려서 보이는 것은 아무것도 없었다. 나무들이 무성하게 자라 있는 것이 마치 철갑을 두른듯하여 여기서는 오히려 답답하기만 한 정상이었다.

나는 팔각정 계단을 내려서 천천히 남산타워를 향해서 걸어갔다. 남산타워가 무슨 하늘가는 사다리라도 되는 듯 반드시 올라가야 한다는 그런 생각을 하면서…. 그럴 것이다. 남산타워에 오르면 모든 것이 뚜렷이 보이겠지. 괄목할만한 서울의 발전상도! 내 아름다웠던 유년의 기억도! 그리고 하늘 가는 밝은 길들도! 너무나 환하고 뚜렷하게! 내 가슴 그윽하고 뿌듯하게 안겨올 것이리라.

한국의 전통문화
-마닐라에서

황호근 선생이 쓴 『한국의 미』라는 책을 읽었다. 서가를 정리하다가 우연히 발견한 이 책은 을유문화사에서 발행한 소책자인데, 먼지를 뒤집어쓴 채 언제부터 거기 숨어 있었는지 알 길이 없다. 책 표지가 누렇게 변색되어 있는 것으로 보아 선교사로 필리핀으로 올 때 짐 보따리에 묻어서 온 모양이었다. 그러니 이 책은 그보다 더 전에 구입했을 것이고, 읽기로는 수십 년이나 지나서 비로소 책자를 대하게 된 것이었다. 책을 읽으면서 황 선생에게 미안한 마음을 떨쳐버릴 수 없었다. 우리나라 전통문화에 대한 해박한 지식과 그것들을 속속들이 파헤쳐 보여준 수고에 대하여 이제야 인사를 드리게 되었기 때문이다.

책 내용은 우리 한민족의 의식주에 관련된, 즉 음식, 복장, 복식, 건축, 주거, 생활도구의 공예, 가악, 무용 같은 것들이 총망라된 그러한 글이었다. 춤과 장구, 탈, 연, 매듭 같은 내용의 글을 읽을 때는 아련한 추억과 함께 그것들을 일상으로 사용했을 선인들의 모습이 언 듯 언 듯 뇌리를 스쳐 지나가기도 하는 것이었다. 지금 시대야 어찌 그런 것들이 우리 주위에 많이 남아 있을까마는 옛날에는 너무나 흔한 것들이었기에 소중한 줄도 모르고 사용했을 것이고, 그것이 오늘날에 와서는 우리 한민족의 전통문화가 되어 있음을 어찌 예상이나 하였으리오.

나는 책을 읽으면서 나도 모르게 이따금 한숨을 토해내곤 하였다. 도대체 책 속에 언급된 문화적 가치가 있는 용품이라고는 내 주위에는 한가지도 없었기 때문이다. 하물며 이국땅인 이곳 필리핀에서는 더 말할나위도 없는 것이다. 음식은 여전히 밥을 해서 된장국에 김치를 놓고전통적으로 먹고 있다고는 하지만, 그것을 수시로 담아내고 있는 플라스틱 용기들이 찬장 가득 쌓여 있는 것을 보니 내 어렸을 적에 엄마가주발에 담아서 주던 따뜻한 밥이 못 견디게 그리워지더라는 것이다. 그렇다면 오늘날 내 복장이 어떠한가. 밀림 속을 헤매 다니는 선교사인지라 치마를 벗어 던진 지도 수십 년이다. 청바지에 티셔츠 걸치고 거리를활보하는 모습이라니 내 생활에도 전통이고 뭐고 찾아볼 수가 없는 현실이다.

이제 새삼스럽게 깨닫게 되었다. 전통문화가 얼마나 소중한 우리 민족의 얼인가를 깨닫게 되었고, 얼 속에 녹아 있는 미의식이 우리 민족의 개성이었고, 그 개성이 우리가 세계에 내놓고 자랑할 만한 민족혼이라는 사실을 깨닫게 되는 것이다. 이에 '자연의 미'라는 책을 읽고 덮으면서 우리 주위에 아직도 전통문화가 될 만한 사례들과 용기들이 있는가를 살펴보고, 한 사물이라도 유실되는 일이 없도록 전통문화 보존에앞장서야겠다는 생각을 거듭하게 되는 것이다.

일용할 양식과 생명의 양식

　　　　나는 식사 기도를 할 때는 언제나 "일용할 양식을 주시옵
소서!"라고 기도한 다음에는 이에 덧붙여서 "생명의 양식도 이처럼 내려
주옵소서!"라고 기도를 드린다. 전자는 예수님이 가르쳐주신 기도이고,
후자는 시어머니가 가르쳐주신 기도이다. 나중에 생각한 것이지만 식사
기도로서는 그 이상 더 완벽한 기도가 없는 것 같았다.

　육의 양식도 중요하고, 영의 양식도 중요하다. 어느 한 곳에 치우쳐서
는 안 된다는 생각이다. 따라서 육의 생각과 영의 생각도 틀림없이 같아
야 한다는 생각이다. 영이 육신보다 우월하고 육신이 영보다 저급하다
고 하면 하나님이 흙으로 지으신 육신에 생기를 불어넣어 주시지 않았
을 것이 아닌가! 창세기 2:7에 "하나님이 흙으로 사람을 지으시고 생기
를 그 코에 불어 넣으시니 생령이 된 지라." 하였으니, 영과 육이 다름이
없는 생령인 것이다. 하여, 생태적으로는 육신은 음식을 먹어야 살고 영
은 생명의 양식, 곧 진리의 말씀을 먹어야 살게 되었다.

　"안식일에 예수께서 밀밭 사이로 지나가실 새 제자들이 이삭을 손
으로 비비어 먹으니(눅6:1-5)."의 말씀은 이에 비추어서 너무나 당연
한 제자들의 행위이다. 지나치면 탐식이 되겠지만, 육의 활동을 위해
서 양식을 공급하는 것은 자신을 위한 당연한 의무가 된다. 결론적으
로는 "잘 먹고 힘을 내어서 열심히 일하자!"였다. 상기 말씀을 보면 복

음전도 사역에 매진하다 보니 제자들이 식사를 제대로 못 하고 다닌 것만 같다. 하물며 예수께서 당신 혼자 식사를 하셨겠는가 생각을 하니, 예수님이 전도사역에 얼마나 열정적, 희생적이었나를 미루어 짐작할 수 있는 일이다.

한 번은 이런 일이 있었다. 우리 사역지에 단기선교팀이 왔을 때의 이야기이다. 4박 5일 때쯤 지났을 때 어느 집사님이 말했다. "입안에서 밥알 냄새가 나요!" 그랬을 것이다. 밥 생각이 간절하였을 테니까. 바다 건너 외딴 섬, 산과 골짜기를 뚫고 다니면서 우리가 찾아서 먹은 것은 맨밥뿐이요, 반찬이라고는 한 가지도 없는 식사였기에 입안에서는 온통 밥알 냄새만 풍겼으리라. 그때 내가 말했다. "집사님! 그래도 다행이에요. 내일은 산등성이 부족마을로 갈 것인데, 그곳 주식이 가모떼(감자의 일종)에요. 내일부터는 입안에서 가모 떼 냄새만 날 것이에요."라고 하여서 한참이나 웃었다. 그러면서 "우리가 비록 육의 양식을 먹고 밥알 냄새만 풍기면서 다니고는 있지만, 예수님의 이름은 들어보지도 못한 저 죽어가는 영혼들에 생명의 양식을 공급하면서 다니고 있으니 축복 중에 큰 축복입니다."라고 하였다.

한국인의 추석 I

　　올해에도 추석을 코앞에 두고 또 고민에 휩싸인다. 한국에 가야 하나? 말아야 하나? 작년에 못 갔으니 올해에는 꼭 가야 할 입장이었다. 오늘 아침 둘째 딸이 전화해서 "엄마, 이번 추석 때는 꼭 오실 것이지요?"라고 했을 때는 "그럼 이번에는 꼭 갈 계획이단다."라고 말을 했었다. 딸이 "알았어요."라고 전화를 끊었지만, 꼭 간다는 말은 아니었다. 그러나 마음은 이미 한국으로 달려가고 있는 마음이었다.

　작년에도 추석 때 귀국할 계획으로 일정을 잡아놓고 있었다. 그런데 결과는 가지 못하는 쪽이었다. 느닷없이 한국에서 동창 목사가 전화를 걸어와서 추석 연휴 기간에 단기선교를 갈 계획인데 괜찮겠는가 하는 의사타진이었다. 생각 같아서는 추석을 쇠러 가야 하니 "오지 마세요!"라고 말하고 싶었다. 그러나 그럴 수가 없었다. 특별히 내 사역지를 둘러보고 싶다고 하니 "아이고, 목사님 감사합니다. 예, 준비하겠습니다."라고 말할 수밖에는!

　아직은 한국으로부터 아무 연락도 받지 못하고 있는 채로 이기는 하지만, 그러나 불안한 마음이다. 올해에도 어느 목사님이 느닷없이 전화를 걸어서 추석 연휴를 이용하여 청년들을 인솔하고 오겠다고 하지는 않을까 해서이다. 오겠다고 하면 나는 당연히 "환영합니다."라고 해야 하기 때문이다.

올해에 내가 한국에 꼭 가야 하는 이유로 자녀들과 같이 모처럼 추석을 즐겨야겠다는 것 외에 시급한 것은 부모님의 묘소를 이장해야 하는 문제가 있기 때문이다. 왜 내가 가야 하느냐? 나는 원래 3남 3녀의 막둥이인데 유일하게 남아 있는 둘째 언니가 성격이 불같아서 땅 주인과 막무가내로 싸움만 하고 있기 때문이었다. 그래서 내가 전화를 걸어서 내가 갈 때까지만 참아달라고 하였었다. 어차피 해결해야 할 문제였다.

그 땅 주인이라는 사람은 4촌 오빠의 아들, 그러니까 내 5촌 조카였다. 장손이었다. 4촌 오빠가 별세하자 관례대로 선산은 장손의 이름으로 등재되었다. 그런데 교묘한 수법으로 수년 전에 선산을 팔아버린 것이다. 그 판돈으로 다른 곳에 선산을 마련하였고 종친회에서도 인정하였으니 어쩔 수 없는 일이기는 하였으나 분통이 터질 노릇이었다. 다른 묘지는 다 이전을 한 상태였다. 그래서 조카가 언니를 들볶으면서 묘소 이전을 강력하게 요구하고 있었던 터였다. 그래서 언니와 전화로 의논하였다. 우리 나이도 있고 하니 따로 묘지를 마련해서 이전하느니 화장을 해서 수목장으로 하는 것이 어떻겠는가 하였다.

추석을 며칠 앞두고 이래저래 부산한 마음이다. 차일피일하다가 놓쳐버린 귀국길이다. 20여 년간 선교사로 살다 보니 제대로 챙기지 못한 자녀들에게도 미안하고 부모님께는 정말로 죄송스런 마음뿐이다. 살았을 적 못해 드린 효도를 돌아가신 후에도 못해 드리고 있으니 부모와 자식이 된 도리가 아니다. 먹구름 잔뜩 낀 북쪽 하늘 하염없이 바라보며 긴 한숨 한 번 몰아쉬어 본다.

한국인의 추석 Ⅱ

즐거운 추석이었다. 원근 각지로부터 자녀들과 손주들이 찾아와서 추석을 지내니 이보다 더 큰 기쁨이 없었다. 자녀들은 오랜만에 엄마가 차려준 음식을 먹으면서 "이 맛이야!" 하고 변치 않는 음식 솜씨에 칭찬을 아끼지 않았고 손주들은 토속적인 음식 맛에 푹 빠져서 자리를 뜰 줄 몰랐다. 이번에 차린 것은 녹두전과 명태전, 그리고 동그랑땡과 갈비찜이었다. 반찬으로는 취나물, 도라지, 숙주나물, 가지나물, 취나물 등이었다. 후식으로는 식혜뿐이었다. 그것들은 내가 선교지를 뒤로하고 귀국한 하루이틀사이에 급히 시장에서 사다가 만든 것이기는 하였지만!

그런데 유감스러웠던 것은 추석을 맞고 보냄에서는 오직 먹는 것뿐이었고, 모든 진행을 약식으로 하였다는 사실이다. 성묘는 한가함을 틈타서 추석 전날에 총알같이 다녀왔으며, 예수를 믿고 있었으므로 제사 같은 것은 지내지도 않았다. 묘소 앞에 돗자리를 깔고 앉아서 추모예배를 드리니 조상님들 잡술 것은 아무것도 없었다. 유학자였던 아버지와 그런 가풍 속에서 자란 나였기에 약식으로 예배만을 드리는 것 같아서 이래서 되는가 하는 마음이었다.

음식만 해도 그렇다. 추석 상에 항상 있어야 할 것은 시루떡이나 송편인데, 기름 냄새 풍기는 고기와 나물만 가득 자리 잡고 있었다는 사실이다. 내가 필리핀으로 선교사로 나가기 전에는 언제나 햅쌀로 송편을 빚었고 무와 호박을 섞어 시루떡을 만들었었다. 송편을 얹는 데 필요한 솔잎은 언제나 남편이 구해왔었다. 이른 새벽에 차를 타고 가서 서울대학교가 있는 관악산 진입로에서 솔잎을 훑어 모아오니 향긋한 솔잎 냄새와 함께 먹던 송편 맛이 새삼스럽게 그리워지더라는 것이다. 후식으로는 전통적으로는 화채(花菜)를 먹었다. 화채는 유자와 석류와 잣을 잘게 썰어서 꿀물에 타서 만든 것인데 언제부턴가 화채 대신 쌀과 엿기름을 주성분으로 만든 식혜나 커피로 대신하고 있었다는 사실이다. 전통적인 놀이 같은 것은 해 볼 생각도 하지 않았다. 모두가 생략이었다. 남정네들은 씨름하고, 여인네들은 그네를 타고, 남녀가 함께 편을 갈라 큰 줄의 양쪽을 잡아당겨 승부를 가리던 줄 당기기도 사라져 간 전통이 되어 버렸다.

동국세시기(東國歲時記)에 〈16일은 충청도 시골 풍속에 씨름대회를 하고 술과 음식을 차려 먹고 즐긴다, 농한기가 되어 피로를 푸노라고 하는 것이다. 매년 그렇게 한다〉라고 하였고, 열양세시기(洌陽歲時記)에는 〈가위(嘉排)라는 명칭은 신라에서 비롯되었다. 이달에는 만물이 다 성숙하고 중추는 또한 가절(佳節)이라 함으로 민간에서는 이날을 가장 중요하게 여긴다. 아무리 벽촌의 가난한 집에서라도 예에 따라 모두 쌀로 술을 빚고 닭을 잡아 찬도 만들며 또 온갖 과일을 풍성하게 차려놓는다. 그래서 말하기를 "더도 말고 덜도 말고 늘 한가위 같기만 바란다(加也勿 減也勿 但願長似嘉排日)."라고 하였다.

그런 이야기를 아이들에게 해주니 손주들은 모두가 신기한 듯하였고,

자녀들은 그런 전통을 때마다 지키고 있는 우리 가족이 참으로 전통적으로 빼어나고 행복한 가족인 양하여 모두가 흡족해하는 것이었다.

내가 말했다. "작년 추석에는 내가 오지 못해서 밥도 차려주지 못하였구나! 올해에는 우리 가족이 이렇게 모여 한자리에서 식사하니 엄마는 너무나 행복해. 엄마, 아빠가 앞으로 살면 얼마나 더 살겠니. 다른 때는 몰라도 설 때와 한가위 때는 우리 꼭 모여서 즐겁게 지내도록 하자구나!" 때는 바야흐로 중추지절, 하늘은 높고 말이 살찐다는 천고마비의 가절이었다.

여자의 일생

경기도 가평에 다녀왔다. 외숙모께서 갑자기 세상을 뜨셨기 때문이다. 올해 88세이신데 오랫동안 요양병원에 계시다가 세상을 뜨신 것이다. 버스를 타고 도착한 시간이 오후 3시경이었는데 예배를 드리고 있어서 깜짝 놀랐다. 본래 예수를 믿지 않으시던 분인데 어찌된 일인가 하였다. 얼마 전에 예수를 구주로 영접하셨으므로 장례 일체를 교회에서 주관하게 되었다는 전언이었다.

외숙모는 외삼촌의 넷째 부인이었다. 첫째 부인은 외삼촌이 사업차 만주에 가 있는 동안 소식이 두절되어 친정으로 돌아갔고, 둘째 부인은 6·25사변 때 헤어져서 생이별하였고, 셋째 부인은 사별하였고, 외숙모가 넷째 부인이셨다.

입관식에서 내가 기도를 드렸다. 누워 계셨는데 다리가 다 펴지지 않은 상태였다. 천호동 시장 노변에서 과일을 파셨는데 병치레도 못 하고 쭈그리고 앉아 있던 것이 화근이 되어서 다리가 완전히 오그라들어 있었다는 것이다. 아, 얼마나 고생을 하셨으면! 남편과 사별한 후 외숙모 혼자서 노점을 하면서 아이들을 키우셨다. 수의를 입고 있으셨는데 수의 소매가 어찌나 긴지 날개를 펴고 계신듯하였다. 화장하셨는지 화사한 모습으로 평소와 다름없는 친근한 모습이었다. 예쁜 꽃신을 신고 있었다. 관 속에는 꽃들이 쭉 깔려 있었다. 그렇게 한 것은 하늘 가는 길이니 꽃신을 신고 꽃길을 따라 걸어가시라는 염원이 담겨 있는 것이라고 하였다.

가슴이 뭉클하고 목이 메었다. 넷째 후처의 몸으로 오셔서 귀찮다 아니하시고 둘째, 셋째 전처 자식들을 먹여 살리고, 입히고, 가르치고, 가정까지 이루게 하셨으니 얼마나 고마우신 분이신가!

기도를 드렸다. 감사기도부터 나왔다. "이제 수고와 고통을 끝내게 하셨으니 감사합니다. 다리를 펴지 못하고 온몸 쑤시고 아픈 가운데 계셨으나 이를 잊게 하시려고 말년에는 치매까지 주셨으니 너무나 감사합니다. 외숙모를 환송하고자 합니다. 그러하오니, 천사들이 나와서 영접해 주시고, 잘했다! 칭찬해 주실 뿐만 아니라, 크게 상급을 베풀어 주시옵소서!" 그렇게 기도를 끝내니, 예수를 믿지 않는 다른 친지들과 친인척들이 "아~멘!"으로 화답을 하였다.

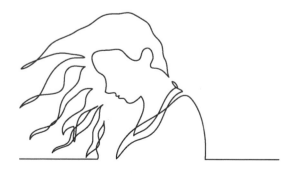

송구영신

한 해를 보내고 또 새해를 맞이한다. 묵은해를 보내는 마음은 언제나 감사한 마음뿐이다. 365일을 지내는 동안 축복 아닌 날이 없었기 때문이다. 개인적으로는 건강한 몸으로 사역을 감당할 수 있었으니 감사하고, 가정적으로는 가내제절(家內諸節)이 모두 평안하였으니 감사하고, 국가적으로는 위정자들이 통일에의 열망을 안고 열심히 뛰고 있다는 사실에 감사하고, 국제적으로는 일부 분쟁지역이 있었음에도 큰 틀에서 보면 대체로 평화로웠다는 사실이다.

내 나이가 몇인데? 하면, 특히 개인적으로 큰 축복을 받았음에 감사가 넘친다. 28년 전에 선교사로 파송되어 사역을 감당하고 있는 내 모습을 바라보게 될 때, 머리털이 빠지고 다리가 아프고 허리가 구부러지고 하여서 영락없는 노파의 모습이 내 모습일진대, 그런데도 올해에도 필리핀 전역에 5개 교회를 개척하였고 3개 교회의 성전을 건축할 수 있었다는 사실에 대해서 자긍심까지 갖게 된다. 그런 의미에서 나를 믿고 후원해준 후원교회와 동역자 여러분에게 감사의 말씀을 드리지 않을 수 없고 현지 토착교회의 목회들에도 감사의 말씀을 같이 나누고자 하는 마음이다.

가정적으로는 큰 변화가 있었는데 장남이 미국이민을 떠난 사실이다. 그것이 잘된 일인지는 모르지만, 어쨌든 젊은 사람들이 대망을 안고 손주들을 데리고 미국행을 했다는 사실에 대해서는 긍정적으로 평가하고 축복하는 마음이다. 어떤 사람이 "부모를 모실 생각은 하지 않고 자기들 잘살려고 버려두고 가느냐?"하고 비난 아닌 비난을 하였지만, 나는 "가서 잘 살아라!" 기도하고, "어디서 무엇을 하든지 주 안에서 평안하여라!" 축복하고 손을 흔들면서 보내주었다.

국가적으로는 지금 진행하고 있는 남북의 화해정책에서 이념을 떠나서 속히 좋은 결실을 보게 되었으면 하는 생각이다. 그것은 남편 목사의 고향이 이북이기 때문이다. 1·4 후퇴 때 부모를 따라서 피난길에 올랐는데, 어느덧 80을 바라보게 되었음을 생각할 때 고향 땅 밟아보는 것이 남편의 소박한 꿈이 아니겠는가 하여서 칭송하는 마음이 되는 것이다.

그렇다면 2019년도 새해를 맞이하는 마음은 어떤 마음일까? 그 또한 감사한 마음이 아닐 수 없다. 먼저 생명을 연장해 주신 하나님께 감사의 말씀을 드리게 된다. 그뿐만 아니라 저 히스기야처럼 "여호와여 구하오니 내가 진실과 전심으로 주 앞에 행하며 주의 보시기에 선하게 행한 것을 기억하옵소서!"라고 기도하고, 그래서 새해를 맞는 욕심이라고 할까 소망이라고 할까, "내가 네 날을 십오 년을 더해 줄 것이니라." 하는 기도의 응답을 바라게 되는 것이다.

묵은해를 보내고 새해를 맞는 마음은 나이와 관계없이, 건강과 관계없이, 일을 더 해야겠다는 굳은 마음이다. 이는 대한예수교장로교 대신교단 1호 여자선교사인 내 각오인바, 내가 오랫동안 사역을 감당해야 후배 여자선교사들도 오랫동안 사역을 감당해 갈 것이 아니겠는가 하는 자존감이다. 어떤 사람은 이제 그만큼 했으면 상급은 떼 놓은 당상이니 그만 은퇴하시라고 한다. 그래서 내가 말했다. "감사합니다. 그러고 보니 은퇴할 때도 되었네요. 그래서 드리는 말씀인데 내 사역지를 맡아서 수고해 주셨으면 합니다." 그랬더니 "아이쿠, 나는 도시사역이 좋아요. 산 넘고 물 건너서 가는 낙도사역, 오지사역, 부족사역, 나는 못합니다." 하면서 내빼버렸다. 그래도 여태까지 하던 사역 나 몰라라 던져버리고 귀국해야 할 것인가 하는 답답한 마음에 또 기도하게 되는 것이었다.

묵은해를 보내고 새해를 맞이하는 마음은 언제나 감사하고 희망에 찬 마음이다. 악덕과 궤휼, 보낼 것은 다 보내야 한다. 그리고 새것을 감사함으로 맞이해야 한다. 이에 감사와 찬송과 영광을 하나님께 드리면서 찬송가 289장을 가만히 불러본다.

종소리 크게 울려라 묵은해가 가는데
옛것을 울려 보내고 새것을 맞아들이자.
시기와 분쟁 옛 생각 모두 다 울려 보내고
순결한 삶과 새 맘을 다함께 맞아들이자.
그 흉한 질병과 고통과 또 한이 없는 탐욕과
전쟁을 울려 보내고 평화를 맞아들이자.
기쁨과 넓은 사랑과 참 자유 길이 누리게
이 땅의 어둠 보내고 주 예수 맞아들이자.

개의 반박(反駁)

　　　　　새벽에는 언제나 성경책을 읽고 밤에는 문학책을 찾아서 습관처럼 읽는다. 그것이 요즈음의 내 생활의 패턴이다. 이는 내가 선교 사임과 동시 수필을 쓰고 있는 문학인이기 때문에 의도적으로 그렇게 하는 일이기는 하지만, 영육간의 양식은 다 같이 귀하다는 생각이다.

　요즈음에 읽고 있는 책은 중국이 낳은 문호 노신(魯迅)의 수필집이다. 계속 읽다가 오늘은 '야초(野草)'에 실려 있는 '개의 반박'이라는 수필을 읽었는데, 큰 충격을 받았다. 내용은 개가 하는 조롱 소리에 고개를 들지 못하고 도망친 사람의 이야기였다. 이는 수필이라기보다 시사적인 감회에서 발상된 풍자적인 산문시(散文詩)라고 함이 더 옳을 것이다. 인용하면 다음과 같았다.

　나는 꿈에 골목길을 걷고 있었다. 옷도 신도 다 떨어져서 거지같았다.

　개 한 마리가 뒤에서 짖어댔다.

　나는 거만하게 돌아보며 소리쳤다.

　"쫏! 가만 못 있겠나, 권세에 아첨하는 이 개새끼야!"

　"헷헷." 그는 웃었다. 그리고 말을 이었다. "천만의 말씀, 그래도 사람보다는 덜 합니다요."

　"뭐라고?" 나는 버럭 화를 냈다. 심한 모욕이라 생각했던 것이다.

"부끄러운 일이지만, 전 아직 구리와 은을 구별할 줄 모릅니다. 그리고 무명과 비단도 구별 못하구요. 게다가 관리와 서민도 구별 못하고 주인과 종도 구별 못합니다요. 그리고…"

나는 달아났다.

"잠깐만 기다리세요. 아직도 드릴 말씀이…" 그는 뒤에서 큰 소리로 불렀다.

나는 정신없이 달렸다.

힘껏 달렸다.

달리고 달려 겨우 꿈에서 빠져나오고 보니 내 침상에 누워 있었다.

개! 개! 개!

나는 노신을 읽고 난 후 이후로는 개를 향해 개새끼라고 욕해서는 안 되겠다는 생각을 하였다. 내가 감히 개를 개새끼라고 욕할 자격이 있는지다. 생각해 보니 사람이 개보다 못한 경우가 허다했기 때문이다. 그런데도 사람들은 개를 얕잡아보고 "이 개새끼야!"라고 욕부터 한다. 오죽하면 욕 중에 쌍욕은 거의 개에 관한 것이겠는가! "개 같은 놈!" 그것은 약과다. 최고의 욕은 "개보다 못한 놈!"이다. 저, 물질만능주의에 빠져서 허덕이는 사람들을 보아라! 저, 권력과 명예욕에 취해서 인사불성인 사람들의 작태를 보아라! 그런 사람들을 개들이 과연 사람을 사람으로 보겠는가 하는 것이다.

요즈음 한국에서는 개의 존엄과 권익을 놓고 반려견의 권익단체 간에 소송전을 벌이고 있었다. 사태가 어찌 될는지는 두고 보아야 할 것이지만, 먼 데 갈 필요도 없다. 개로부터 불신과 의혹을 받는 내 이야기부터 해야겠다. 내가 사는 콘도의 옆집 개 이야기다. 새로 이사 온 집의 반려견이다. 그 집 주인은 왜 항상 문을 조금 열어놓는지 개가 머리를 반쯤 내밀고 나와 눈을 마주하고는 심하게 짖어대는 것이다. "이 개!"하고 처음에는 점잖게 말하다가 이래서는 안 되겠다 싶어서 빗자루를 들고 "이놈의 개새끼야!"하고 소리를 쳐보았지만 요지부동이었다.

그런데 나는 요즈음에 개를 향해서 욕을 하지 않는다. 오히려 개가 나를 향해서 욕을 하고 있다는 감을 잡았기 때문이었다. 그래서 슬슬 피해 다닌다. 개가 나를 향해서 저토록 짖어대는 것은 단순한 짖음이 아니라 나를 질책하고 있는 것 같았더라는 것이다. 부끄러운 마음이요, 지적사항이 너무나 많은 일상이 아닐 수 없었다. "어디 감히!" 개로부터 불신과 의혹을 받을만한 인생이라면 어디 감히 개 앞에서 고개를 들고 떳떳이 활보할 수 있을 것인가 하였다. 세상 돌아가는 것이 그렇고 사람 사는 모습 또한 다르지 않기에 이에 이르러 사람들이 개를 일러 반려견이라고 함이 결코 우연한 일은 아니로구나 하고 자탄하게 된다.

보신탕

연일 무더위가 기승을 부리고 있다. 폭염주의보를 넘어 오늘은 폭염경보다. 노인들은 밖에 나가지 말고 집에 있으라 하고 수분섭취를 위하여 물을 자주 마셔야 한다는 메시지가 모바일을 달군다. 하여, 오늘은 밖에 나가지 않기로 하였다. 아들 며느리가 출근하고 없는 집안에서다. 선풍기를 끄고 에어컨 온도를 24도까지 내려 본다. 요금은 내달에야 나올 것이니까 걱정할 필요도 없었다.

마침 TV에서는 미국 어느 한국총영사관 앞에서 미국의 어느 단체회원들이 벌이는 보신탕 반대집회 실황이 방영되고 있었다. 한국 사람들이 보신탕을 즐겨 먹는 것을 어찌 알았는지 이 무더위에 용케도 알고 나왔다고 하였다. 한국 음식문화에 대한 몰상식이라고 밀어붙이기에는 좀 그렇고 해서 채널을 돌려버렸지만 개운한 마음이 아니었다.

보신탕 하면 남편이다. 고향이 이북인데 어려서부터 먹었다고 한다. 개를 몇 마리 잡아서 놓고 어른이나 아이 할 것 없이 동리 사람들이 한자리에 모여서 같이 먹었다는데, 탕을 끓여서 먹는 것이 아니라 양념을 해서 고기를 그냥 뜯어 먹었다고 한다. 남정네들은 술판을 벌이고, 여인들은 계속해서 고기를 삶아내고…. 그것이 영양섭취를 위한 우리나라 음식문화의 잊힌 진정한 풍속이 아니었던가 한다. 그러할 때 외국 사람들이 그런 장면을 목격했다면 야만족이 따로 없다고 하였을 것이다. 그렇다면 오늘날은 어떠할까? 오늘날에 와서 개는 개가 아니요, 반려견으로 까지 승급된 것을 보면 식탁에서 보신탕이 없어질 날도 머지 않은 것 같다.

보신탕! 옛날 이름은 개장국이다. 서울에서 개장국 집이 제일 많이 모여 있던 곳은 청계천 6가였다. 아직 개발되기 전의 이야기이다. 하루는 이승만 우리나라 초대대통령이 차를 타고 청계천 6가를 지나게 되었다. "저기, 저기 있는 개장국 집이 무엇이뇨?" 대통령이 묻자 비서가 한참을 뜸 들이다가 겨우 대답한 말은 "보신탕집이 옵니다."였다. "오, 그러면 어찌 개장국이뇨. 보신탕이지!" 그런 일이 있고 난 뒤 청계천 6가의 개장국 집은 모두 상호를 보신탕집으로 바꿨다는 옛이야기이다.

에어컨을 다시 22도로 내려 본다. 시원하기 그지없다. 아이들이 귀가하기 전에 실컷 몸을 얼려놓아야지! 이는 엘-이레 선교회 설립에 참석차 귀국했다가 폭염에 시달린 며칠 동안의 체험기이다.

돈! 돈! 돈!

　　이따금 작은언니 생각을 한다. 줄곧 선교지에 나와 있으니 외롭기도 하지만 친정식구라고는 오직 작은언니밖에 없기 때문이다. 우리는 본래 3남 3녀 형제들이었는데, 모두 세상에 있지 않으니 작은언니와 나는 서로 의지하면서 살아야 할 단 하나 남은 피붙이이다. 그런데 작은언니와 나는 생각하는 것만큼은 친밀하게 지내고 있지 못함을 고백하지 않을 수 없다. 이유는 간단하다. 사랑이 없기 때문이 아니라 어려서부터 살아가는 방법이 서로 달랐기 때문이다. 구체적으로 말하면 돈의 출납과 관련한 생각의 차이가 지금까지 줄곧 이어져 온 때문이라고 말할 수 있겠다.

　　작은언니는 짠돌이였다. 일단 돈이 들어가면 수중에서 나오지 않았다. 무엇을 사 먹거나 사 주거나 하는 일이 전혀 없다시피 하였다. 세 살 버릇이 여든까지 간다고 했던가! 80 노인이 된 지금도 그러하다. 미장원에는 잘 가지 않는다. 입고 다니는 옷은 동대문시장에서 1만 원 정도에서 사서 입을 뿐이다. 그렇게 자신에 대해서도 돈을 쓰지 않는다. 쓰지는 않고 계속 긁어모으기만을 하는 타입이었다. 그래서 오늘날 작은언니는 큰 부자가 되었다. 부자가 안 될 수 없는 작은언니의 경제생활이었다. 얼마 전에 살고 있던 집을 20억 원에 팔았다고 하였으니 작은언니의 재산은 줄잡아도 수십억 원은 되고도 남을 것이다. 그런 경제생활과 생활방식이 잘 못 되었다는 말이 아니다. 근검절약형으로 칭송을 받아 마땅한 일이다. 그런데도 작은언니를 볼 때마다 남는 아쉬움은 "인제 그만, 쓰면서 편하게 살지 그래!" 하는 마음이다. 그리고 이웃을 위해서도 좀 베풀면서 살면 어떨까 하는 마음이다.

그런데 나는 작은언니와는 정반대였다. 돈이 생기면 우선 쓰고 보는 타입이었다. 돈은 주로 엄마가 주셨는데 나는 돈을 받자마자 또르르 달려나가서 사탕이랑 과자랑 마음대로 사 먹고 다녔다. 그리고 또 달라고 한다. 애교를 떨면서 큰 오빠에게서 별도로 받아 쓴 용돈만 해도 부지기수다. 작은언니는 그런 꼼수는 부리지 않는다. 대신 돈이 생기면 절대로 쓰지 않고 책갈피에 고이 모셔놓는다. 그래서 작은언니 돈은 언제나 다리미로 다린 것 같이 깨끗하고 멋지게 펴져 있다. 어떤 때는 그것이 부럽기도 하였지만, 나는 어려서부터 그런 것에는 연연하지도 않았다.

나는 지금도 쓰면서 살고 있다. 선교사가 된 후에는 더욱 그러하다. 사회정의로 말하면 나누고 베풀면서 사는 것이다. 물은 고여 있으면 썩는다고 했다. 퍼내야 물이 썩지 않고 샘물이 뽕뽕 솟아난다는 셈법이요 전략이다. 우리가 개척해서 건축한 교회건물만 해도 70여 채인데, 그것을 가격으로 셈하면 얼마나 될까? 20억 정도는 되지 않을까? 그러나 내 이름으로 되어 있는 교회는 한 개도 없다. 교회를 건축함과 동시에 즉시 이를 모두 현지교회에 이양하였기 때문이다. 선교후원으로 거저 받았으니 거저 주는 것이고, 그것이 선교사의 바른 자세라는 생각이다. 언젠가는 은퇴하고 귀국해야 할 것인데 교회건물을 떠메고 갈 것인가, 양심도 없이 팔아서 돈을 가지고 귀국할 것인가! 그래서 나는 마음은 부자지만 가난뱅이 선교사다. 선교사 30여 년에 선교센터는커녕 자가용 하나 가지고 있지 못한 바보선교사다.

그렇다고 내가 지금까지 못 살았는가 하면 그렇지는 않다. 아들딸 다 유학 보낸 후 시집·장가 보냈으니 감사한 것뿐인 삶이었고, 조그마한 아파트도 한 채 있으니 은퇴 후에도 갈 곳이 있는 축복받은 선교사다. 아등바등하면서 살지 않았음에 감사하고 선교사로 파송 받은 이후에도 선후배 동문이 계속 선교후원비를 보내 줌으로 하여 30여 년 가까이 사역을 잘 감당할 수 있게 하였으니 얼마나 감사한 일인가! 그래서 생각하게 되는 것은 일생을 통틀어 나는 돈에 구애받지 않고 살았다는 술회다. 이에 지난날을 생각해 보면, 나는 가진 것은 적었지만, 평생을 풍족하게 살았고, 작은언니는 풍족하였지만, 평생을 가난뱅이처럼 살아왔음에 다름없었다는 안쓰러움이다.

수필가 법정이 『무소유』라는 책자에 쓰기를 "무소유(無所有)란 무엇인가? 무소유란 아무것도 가진 것이 없다는 말이 아니라 가져서는 안 될 것을 가지고 있지 않다는 말이다."라고 하였다. 무릇 인간의 삶이 그러해야 하거든 하물며 선교사의 삶에 있어서겠는가? 이는 내가 어렸을 때 천방지축으로 까먹고 다닌 것을 정당화하기 위한 것이 아니라, 돈은 내 손에 머물러 있으면 죄악이라는 생각이다.

밸런타인데이

2월 14일, 마침 밸런타인데이였다.

"초콜릿 한 개 사줘!" 영감이 말을 하면 "다 늙은 주제에 무슨 초콜릿이에요!" 할미가 핀잔을 줬다. 아침부터 저녁까지였다. 영감은 계속 요구를 하였으나 할미는 저녁때까지 종래 초콜릿 한 개를 사주지 않았다. 이는 누구네 집 이야기가 아니라 우리 집 이야기다. 나중에야 깨달았다. 2월 14일은 바로 밸런타인데이(Saint Valentine's Day)였고, 이날은 여성이 남성에게 초콜릿을 선물하면서 사랑을 고백하고 확인하는 날이었음을 깨닫게 되었더라는 것이다. 영감이 이날을 어떻게 기억해 두었다가 온종일 할미에게 사랑받기를 원하였음인지 기특하기도 하거니와 밸런타인데이에 대한 나의 몰상식, 몰인정에 영감이 얼마나 치를 떨었을까 생각하니 절로 웃음이 나온다. 그러나 회개하는 마음이었다. 할미가 할아비에게 할 짓이 아니었음이다. 평소에 주지 못했던 사랑을 초콜릿 한 개 선물함으로 하여 빚을 갚을 수 있었을 것인데 그런 기회를 놓쳐버렸으니 나 자신을 위해서도 실수를 한 것과 다름없이 되었다.

그러나 지내놓고 생각하니 설사 내가 밸런타인데이를 진작부터 알고 있었다고 해도 초콜릿을 사 들고 그것을 영감에게 선물로 주면서 사랑을 고백하는 등, 그런 치졸한 행동은 하지 않았을 것이라는 신념이다. 단연코! 내가 무엇이 부족하여 다 늙은 영감에게 사랑을 갈구하겠으며,

또 그것을 확인할 필요가 있었겠는가! 결혼해서 50여 개 성상 시댁을 위해서 충성, 봉사로 파파할미가 된 것도 억울한데 인제 와서 밸런타인데이라고 해서 초콜릿을 사 들고 행복했노라고 사랑 고백을 하였겠는가 말이다. 그래서 속으로 결심하였다. 두고 보자! 한 달 후에 두고 보자고 하였다. 영감이 내게 어떻게 하는가를 보아서 사랑을 아낌없이 보내 주리라고 결의를 다짐하는 것이었다.

한 달 후인 3월 14일은 화이트데이다. 이날은 밸런타인데이와는 반대로 남성이 여성에게 선물을 주면서 사랑을 고백하는 날이다. 연원은 각양각색이다. 분명한 것은 밸런타인데이나 화이트데이는 모두 연인들이 선물을 주면서 서로의 사랑을 확인하는 날이라는 것이다. 그런데 아쉬운 것은 이날들이 모두 청춘남녀들의 전유물처럼 되어 있다는 사실이다. 이미 사랑의 쓴맛 단맛을 다 경험했으니 구태여 사랑을 확인할 필요도 없겠고 그 결과로 노년이 되었으니 아쉬운 것은 없지만, 마음만은 청춘이라 그 날들을 아들 손자며느리 다 모여서 서로 선물을 주고받으면서 축하해주고 사랑을 확인하는 날이었으면 얼마 좋을까 하였다.

기록에 의하면 밸런타인데이에 여성이 남성에게 초콜릿을 선물로 주는 날이라는 식의 발상은 1936년 영국에서 시작되었으나 정착이 시작된 것은 1960년 일본 모리나가제과가 여성들에게 초콜릿을 통한 사랑고백 캠페인을 벌이기 시작한 것이 효시라고 한다. 그래서 "밸런타인데이=초콜릿을 선물하는 날"이 됐다는 기록이다. 그런 의미에서 볼 때 오늘날 세계의 연인들을 광분시키고 있는 밸런타인데이 풍습은 다분히 일본식 밸런타인데이인바, 일본이 대중문화의 대단한 한 축을 점유하고 있다고 보아야 한다.

그렇다면 우리나라의 경우는 어떠한가를 생각해 보지 않을 수 없다. 세계에 내놓아도 충분한 그럴듯한 문화는 없는가 하는 것이다. 왜 없겠는가! 그러나 지정은 해놓았으나 아직 우리나라에서조차 정착되지 않았고, 그러한 축일이 있는 줄도 모르고 있으니 난감해지는 마음뿐이다. 우리나라가 비공식으로 지정해 놓은 대중문화의 기념일은 다음과 같았다.

다이어리데이(1월 14일), 밸런타인데이(2월 14일), 화이트데이(3월 14일), 블랙데이(4월 14일), 로즈데이(5월 14일), 키스데이(6월 14일), 실버데이(7월 14일), 그린데이, 뮤직데이(8월 14일), 포토데이(9월 14일), 와인데이(10월 14일), 빼빼로데이(11월 11일), 무비데이, 쿠키데이(11월 14일), 허그데이(12월 14일).

하여, 그중에 한 날이라도 집중적으로 살려보았으면 좋겠다는 생각이다. 초콜릿은 일본한테 뺏겼으니까 젖혀놓고 블랙(자장면)을 통해서든지, 로즈나, 키스나 와인을 통해서든지, 할미가 할아비에게든지, 할아비가 할미에게든지, 사랑의 캠페인을 벌여나가야 할 때는 바로 지금이라는 생각이다. 2019년 밸런타인데이를 맞고 보내면서 우리나라의 대중문화가 무관심 속에서 내팽겨져 있는 것은 아닌가 하는 안타까움이다.

3·1절 노래

　　2019년도 3.1절(三一節)은 3.1만세 운동이 있은 지 꼭 100
년째 되는 날이다. 이날을 기념하는 축하행사가 곳곳에서 거행되고 있
는 가운데 독립기념관에서 진행되고 있는 콘서트가 전파를 타고 방영
되었다. 엄숙한 기념행사 뒤라 긴장을 풀어내기라도 하는 듯 네온사인
이 명멸하고 혼신을 다한 가수들의 열창에는 모두가 이날을 축일로만
생각하고 있는 듯하였다. 그저 단순한 휴일로만 생각하고 있는 분위기
였다. 노파심이라고 할까? 애국심을 고취한다든가 순국선열들을 추모
한다든가 하는 그런 결연한 모습은 하나도 찾아볼 수 없었고 오히려 민
족정기를 훼손하고 있는 것처럼 비치더라는 것이다. 그러나 '홀로 아리
랑'이라는 노래를 부를 때는 민족의 한이 사무쳐서 모두가 자책하고 있
는 듯한 모습이었다. 그때 바로 떠오른 생각이 민족혼을 일깨우는 '3.1
절 노래'였다.

　기미년 삼월 일일 정오
　터지자 밀물 같은
　대한 독립 만세
　태극기 곳곳마다
　삼천만이 하나로

이날은 우리의 의요

생명이요 교훈이다

한강물 다시 흐르고

백두산 높았다

선열하 이 나라를 보소서

동포야 이날을 길이 빛내자

3.1절 노래! 이 얼마나 가슴 시리며 벅차며 민족혼이 살아 있는 감격스러운 노래인가! 이날은 또 3.1절이 국경일로 지정된 지 70년이 되는 날이었다. 그러니만큼 경축의 뒤풀이일망정 가락에 맞춰서 흥겨워하는 모습은 민족정신이 해이해졌다고 밖에는 볼 수 없는 풍경이었다.

70년 전의 일도 생각났다. 내가 3.1절 노래를 처음으로 불렀을 때의 기억이다. 방산초등학교에 갓 입학한 2학년 때였다. 왜 1학년 때가 아니고 2학년 때였는가 하면 그때는 입학 시즌이 9월이었으므로 그다음 해 2학년이 3.1절 때가 되는 것이다. 입학하자마자 3.1절 노래를 배우고 3.1절 날에 또래들과 운동장에 나란히 서서 제창하던 모습이 아련하기만 하다.

3.1절이 되면 우리 집에서는 기록해 둬야 할 일도 있다. 그것은 1913년생인 시모께서 일곱 살의 어린 나이에 3.1독립운동에 당당히 참가하셨다는 기사이다. 황해도 평산이 고향이신데 초대대통령 이승만의 고향이기도 하다. 1919년 3월 1일 파고다공원과 태화관에서 독립선언서가 낭독되고 서울 주변 산봉우리마다 횃불이 올라가고 독립만세운동

의 심지가 당겨졌을 때 시모께서 시위에 참여한 것은 그로부터 수일 내의 일이었다고 한다. 남녀노소 할 것 없이 손에 손에 태극기를 들고 대한 독립만세를 외치면서 거리를 누비고 다녔다고 하였다. 우리 친인척 중에 3.1운동에 참가하였다는 이야기를 들어보지 못하였으니 우리 시댁이야말로 일제에 항거한 민족혼이 살아 숨 쉬고 있는 뼈대 있는 집안이었구나 하였다. 그때는 물론 3.1절 노래 같은 것은 있지도 않았다. 위에 게시한 3.1절 노래는 정부의 지정으로 만들어진 노래인데, 그때 같이 불렸던 3.1절 노래도 다수 있었으니 인용하면 다음과 같다.

삼일운동의 노래/박종화 작시, 김순애 작곡
아세아 깊은 밤에 동이 터지고 백두산 상상봉에 봉화들렸다
거룩타 백의민족 울부졌구나 자유 그것 아니면 죽엄을 달라
무궁화 핀 삼천만리 화려한 강산 민족은 영원히
멸치 않는다 민족은 영원히 멸치 않는다

삼일절가/김안서 작시, 이흥렬 작곡
밝은빛은 따뜻이 땅을 빛최고 새 봄빛이 넘치는 맑은 하늘엔
은이런듯 구름이 고이 떠돌아 곳곳마다 화락이 물결을 치네
삼일절 좋을시고 배달 아들아 자유의 깃분 이날 기리어지고
어화 어화 이날은 기리어지고 하늘땅이 다토록 기리어지고

3.1절 노래는 원래 순국선열을 기리면서 부르는 노래다. 그런 의미에

서 볼 때 3.1절을 경축한다든다 축하한다든가 하는 것은 도리에 맞지 않는 것이다. 일제로부터 해방은 되었으나 아직까지 완전한 독립을 쟁취하지 못하고 있으니 오히려 자숙해야 마땅한 일이다. 앞으로는 민족의 혼과 기백이 살아 숨 쉬는 그러한 노래만 불러야겠다. 애국심을 함양하고 조국통일의 염원이 담긴 그런 노래만 불러야겠다.

금혼식

"벌써 결혼 50주년이라니?" 허망해지는 마음이었다. 그간 의 우여곡절은 따질 필요도 없다. 상상도 못 해본 날이요, 꿈속에서 그 려보던 날이기는 했다. 막상 결혼 50주년을 맞고 보니 과연 이날을 축 복으로만 받아들여도 좋을 것인가 해서였다. 결혼식 날 폐백을 드릴 때 어른들이 "아들딸 낳고 오래오래 잘살아라!"라고 축복해주던 것이 어 제 같은데 그래서 아들딸 낳고 잘살았는데, 100세 시대라고는 하지만 문득 지금까지 용케도 잘살았다는 생각이고 남편을 세상에 내보내서 고생만 시켰다는 생각을 하지 않을 수 없었다. 처자 먹여 살리느라, 자 녀들 공부시키느라, 사업이 망해서 집을 빚쟁이에게 넘겨줄 때는 같이 울기도 하였으나 지난 50년 동안 사랑이라는 이름으로 남편을 너무 부 려먹은 것은 아닌가 하였다.

우리가 처음 만난 것은 정확히는 51년 전이었다. 문학동인회에서였 다. 한 달에 한 번씩 작품을 들고 나와서 작품평을 하면서 공부를 했는 데, 우리가 가깝게 된 것은 수필가 지망생이었던 내가 시를 가지고 나가 서 혹평을 받은 것이 계기였다. 그때 남편은 이미 모윤숙 선생의 추천 을 받아서 문단에 데뷔한 기성시인이었다. 남편의 시작(詩作) 강의가 있 었고 자주 만나 지도를 받다 보니 연인 사이가 되었고 1년 후에는 결혼 까지 하게 되었다. 당시 남편은 잡지사 사장이었다. 결혼생활은 평탄했고 행복할 수밖에 없는 결혼이었다. 그러나 신군부에 의해 자행된 언론 통폐합으로 발행하던 잡지가 폐간되자 우리는 순식간에 알거지나 다름없는 신세가 되었다. 그때 생각했다. 옛날에 연연하면서 그 전처럼 살아서는 안 되겠다는 생각이었다. 그래서 작심하였고, 그 후부터는 인생길을 380도 틀어서 살게 되었다.

남편은 성직자의 길을 걷고자 신학교에 들어갔다. 몇 년 후에는 목사가 되었다. 그러자 나도 뒤따라 신학교에 들어가 공부한 후 교회의 전도사가 되었다. 그러나 만족할 수 없는 삶이었다. 전도사보다 더 큰 그림을 그려보고 있었다. 그리하여 몇 년 후에는 총회본부에 해외 선교사로 나갈 것을 청원하기에 이르렀다. 청원은 허락되었고 곧이어서 나는 총회 선교사로 해외로 나갈 수 있었다. 그때 남편은 대학교 교직원으로 있었기 때문에 선교지에 도착한 것은 내가 먼저였다. 별거아닌 별거가 시작된 것이다. 나는 외국에서 열심히 복음을 전하면서 다녔고, 남편은 한국에서 돈을 벌어서 열심히 선교비를 보내 주었다. 속세에서는 불행하였다 하겠으나 영적으로 보면 마음과 뜻과 정성을 같이한 인생 최고의 행복한 시기가 바로 그때가 아닌가 한다, 우리 부부가 다시 합쳐서 살게 된 것은 그로부터 10년 후였다. 남편이 선교사로 파송 받고 다시 나왔기 때문이다. 그것이 벌써 30여 년 전의 이야기가 된다.

남편은 나에게 무슨 존재인가 하면, 그는 나의 문학 동인이었다. 그리고 신학교 동문이요, 낙도와 밀림 속을 누비면서 같이 복음을 전하고 있는 선교동역자이다. 결혼 50년 동안 20년은 한국에서 같이 살았고, 내가 선교사로 파송 받은 후에는 10년 동안 별거하면서 살았다. 그 후 20년 동안은 해외에서 선교사로 같이 살고 있는 것이다. 생각해 보면 악연이요, 다시 생각해 보면 천생연분이다. 세상에서 어디 그와 같은 별종 부부를 찾아볼 수 있을 것인가 하였다.

그렇게 되기까지는 우리를 아껴주는 많은 사람의 위로와 격려, 후원이 있었음을 기억하지 않을 수 없다. 제일 기억에 남는 것은 사업이 망해서 집안이 풍비박산(風飛雹散)이 되었을 때 우리를 찾아와서 "하나님께서 더 좋은 길을 열어주실 거예요!"라고 위로하면서 기도해 주던 이웃교회 목사님의 말씀이다. 지금 우리의 삶이 그 말씀처럼 됐다고 보기 때문이다. 이해하고 참으면서 계속 박수를 보내 준 자녀들의 후원도 적지는 않다. 내가 새로운 목적을 가지고 선교사로 파송 받아 해외로 나갔을 때 자녀들은 엄마의 보살핌이 한참 필요한 대3, 대1, 고2, 고 1년생의 아이들이었다. 그 일을 생각하면 지금도 미안한 마음을 금할 수 없다.

금혼식 날이 지난 후 남편이 말했다. "우리가 앞으로 얼마나 더 살까?" 내가 대답했다. "20년은 더 살아야지요!" "맙소사! 그렇담 자녀들이 몇 살인가?" 그런데 그날이 그렇게 길지는 않고 오히려 짧게만 느껴졌으니 참! 사람의 마음은 알다가도 모를 일이었다. 남편이 다시 말했다. "자자, 그렇게 많이 잡지 말고 회혼식까지만 살기로 하십시다!" 그래야지. 여태까지 50년을 같이 살아왔으니 10년을 더 버티면서 살지 못할 것인가? 오랜만에 낄낄거리면서 한참이나 웃었다.

여류시인 사포와 여옥 이야기

　　지금은 거의 사용하지 않고 있는 말이지만 여류(女流)라는 단어가 있다. 이는 어떤 특정 분야에서 뛰어난 능력을 발휘하는 여성을 지칭해서 하는 말인데, 흔히 예술가들에게 붙여 사용하였다. 그런데 그것이 아이러니컬하게도 여성을 비하하고 차별하는 말이라고 해서 여성들에게 반감을 일으키게 되었는데, 시인이면 시인, 화가면 화가라고 할 것이지 여류라는 군더더기를 붙이는 것은 여성을 비하하는 말이라는 것이었다. 그래서 요즈음은 여류라는 말을 여간해서는 잘 사용하지 않게 되었다.

　　우리나라의 저명한 여류예술가들로는 소설가 최정희, 박경리, 시인 모윤숙, 노천명, 화가 나혜석, 천경자, 성악가 나혜석 등이 있었고, 근대에는 화가 신사임당, 시인 허난설헌, 황진이 등 기라성 같은 여류들이 옥좌를 차지하고 있는 것을 발견하게 된다. 외국의 경우는 여류들의 활동이 더욱 두드러져서 노벨상에 빛나는 『대지』의 작가 펄 벅을 비롯하여 『제인 에어』의 샬로트 브론테와 『폭풍의 언덕』의 에밀리 브론테 자매가 특히 저명하다.

　　여류라는 말은 남성이 감히 근접할 수 없는 여성만이 지니는 정열과 고결한 감수성으로 예술혼을 더욱 찬란하게 승화시키고 있기에 붙여진 이름일 것이니 여류란 오히려 여성에 대한 존중과 칭송의 말이 되는 것이다. 그런 의미에서 세계역사상 가장 상찬을 받으면서 회자되고 있는 예술가 여류의 원조는 과연 누구일까를 생각해 보지 않을 수 없었다.

우리나라의 경우는 여옥(麗玉)이 최초의 여류예술가가 된다. 그녀는 2천 년 전 대동강 변 출신 고조선 때의 여류시인이요, 음악가이다. 그가 지은 시가(詩歌)가 아직도 전해 내려오는데 바로 공후인(箜篌引)이다.

公無渡河(공무도하)러니 公竟渡河(공경도하)로다
墮河而死(타하이사)이 將奈公河(장내공하)오

그녀는 뱃사공 곽리자고(霍里子高)의 아내였다. 곽리자고가 노를 젓고 있는데 어떤 실성한 노인이 강을 건너려고 강물에 뛰어들었으나, 이를 말릴 새도 없이 빠져 죽게 되자 남편을 좇아왔던 노파가 기가 막혀 통곡하는 대신에 공후(箜篌)를 뜯으며 남편을 사모하는 공무도하가(公無渡河歌)를 부르고는 강물에 몸을 던져 같이 죽게 되었다. 이를 본 곽리자고가 여옥에게 그 이야기를 전하자 여옥은 공후를 뜯으며 공후인을 불렀다고 한다. 달밤이나 꽃피는 아침이면 계속 불렀던 모양이다. 이 시가(詩歌)를 처음 배운 사람은 여용(麗容)이란 여인이라고 한다. 그리하여 이 비극이 차차 후대에 전하게 됐는데, 시인 가객 사이에 천고의 절조로 크게 탄성을 받아 인구에 회자하게 된 사실이다.

외국의 경우로는 고대 그리스의 시인 사포(Sappo)가 있다. 여옥이 대동강 변의 시골 출신인데 비해 사포는 레스보스 섬에서 귀족의 딸로 태어났다. 개인의 내적 생활을 아름답게 읊어 그리스 문학사와 정신사에

독자적인 발자취를 남긴 것으로 기록된다. 전해지는 시로는 「아프로디테 찬가」 외에 두세 편이 있을 뿐이다.

> 높은 나뭇가지에 걸려 있어/과실 따는 이 잊고 간/아니,
> /잊은 것은 아니련만/얻기 어려워 남겨 놓은/새빨간 능금처럼…….
> ―사포〈잊은 것은 아니련만〉

> 마치/히아신스/산길 가는 소몰이꾼 발에/마구 짓밟히고도/그대로
> 흙 속에 자줏빛/꽃을 피우듯. ―사포〈히아신스처럼〉

사포는 세계최초의 여류시인으로 불리기도 하고 시의 순박함과 아름다움으로 시의 여신으로 불리기도 한다. 여옥이 비록 세계문학사에는 알려지지 않은 인물이지만, 우리나라 최초의 여류 예술가임은 틀림없으니 어찌 사포에 비견하지 못할 것인가 한다. 대동강 위에서 벌어진 늙은 부부의 비극이 여옥이란 여류로 말미암아 시가화(詩歌化) 악가화(樂歌化)하여 오늘에 이르게 되었으니 그녀야말로 우리나라 문학사(文學史)와 정신사(精神史)에 크게 이바지한 보배가 아닐 수 없다.

여류(女流)라는 이름이 많이 쓰이기 바란다. 우리나라의 민족문화가 여옥이란 여류로부터 전해 내려왔음이 사실인바 예술의 힘은 그와 같이 장구하고 위대한 것이다.

인생은 짧고 예술은 길다

"인생은 짧고 예술은 길다." 이는 의학의 아버지라 불리는 히포크라테스(Hippocrates)가 한 말이다. 그러나 그가 한 말의 본래의 뜻은 "인생은 짧고 의술은 길다"였다. 영어로 art는 희랍어로 테크네(techne)인데, 이는 기술을 가리키는 용어로 그가 말했을 때는 문맥상 의술을 가리키는 것이었다. 후대에 이르러 그의 의도와는 관계없이 본래의 말뜻이 의술-기술-예술로 확대되고 전이되어 정착된 것이다. 그에게 의술의 영역은 광활하며 그 길은 멀고도 험난한 것이었다. 반면에 인간의 수명은 제한적인 것이라서 "의술은 영원한데 인생은 짧도다."라는 뜻으로 한탄하면서 한 말이다.

오역은 아니다. 테크네가 의술이 된다면 예술로도 될 수 있기 때문이다. 그런 뜻이 모두 포함된 것이 테크네이기는 하다. 그렇다면 테크네에 있어서 예술은 무엇인가? 예술에 대한 시대적인 조류를 먼저 정리해 보면 다음과 같다. 제일 오래된 예술론은 그리스시대에 형성된 모방론이다. 그림은 외부세계의 대상을 모방하고 연극은 외부세계의 사건을 모방하며 음악은 외부세계의 조화를 모방하는 것으로 되어 있다. 이에 대하여 플라톤은 진실을 모방하는 것이 아니라 보이는 현상만을 모방하는 것이라고 하면서 부정적인 평가를 내린 바 있다. 반면에 아리스토텔레스는 모방론이 선택적 능동적이기 때문에 지나친 부분은 삭제하고 부족한 부분은 보충하여 실제보다 한층 돋보이게 하는 것이라고 옹호하였다.

다음으로는 18세기를 풍미한 표현론이다. 이는 예술가의 느낌과 감정을 예술적 표현으로 삼는 낭만주의의 핵심론이기도 하다. 외부대상에 대한 모방이나 재현보다는 상상력을 통한 작가의 독창적인 감정표현을 중시하는 이론이다. 즉 예전에 경험했던 감정을 마음속에 상기시키고 그런 다음에 움직임, 선, 색, 소리 등을 매개로 해서 다른 사람도 그것을 경험할 수 있도록 하는 것이다. 이를 주창한 사람은 톨스토이였다. 이에 대하여 클라우드는 개인의 불안정하고 모호한 감정을 정리하는 것뿐이라고 다른 입장을 취하고 있다.

근대에 일어난 예술론으로는 형식론이 있다. 예술은 정감을 대상화한 형식이라는 것이다. 즉 '의미 있는 형식'이다. 예술작품을 예술로 만드는 본질은 외부세계에 대한 모방이나 작가의 감정에 대한 표현에서 찾지 않는다. 예술 바깥이 아닌 예술 안에서 찾아야 한다는 이론이다. 그러니까 예술에 대한 논의는 모방론-표현론-형식론을 거쳐서 오늘에 이르게 된 사실이다. 히포크라테스가 말한 원문은 다음과 같다.

art is long

life is short

opportunity fleeting,

experiment dangerous,

judgment difficult

슬기(뛰어난 기술)는 오래 걸린다

목숨은 얼마 남지 않았다

기회는 급히 지나간다

실험은 위험하다

판단은 어렵다

아트(art)는 기술이고 예술이다. 테크네(techne) 또한 의술인 동시에 예술이라는 양면성을 가진다. 오역은 아니다. 오랜 세월이 지나자 테크네는 병든 몸을 치료할 수도 있고 병든 마음을 치료할 수도 있는 용어로 됐다. 히포크라테스가 말할 때는 그 뜻이 의술이었으나 후대에 와서는 예술로 재해석된 사실이다. 이에 대해서 이의를 제기한 사람은 고래로부터 한 사람도 없었다. 결국, Art는 삶의 치료라는 점에서 의술과 함께 공통의 목표를 지닌 용어로 인정된 것이다. 즉 의술이 인간의 몸을 치유하는 것이라면 예술은 인간의 마음을 치유할 수 있다는 점에서 동일한 기능을 가지게 된 사실에 대한 긍정이다.

예술의 분야는 다양하지만, 대표적인 장르로는 문학과 미술이 있다. 사람의 마음을 치료하고 위안하는 데는 그 이상의 기술이 없다고 해도 과언이 아닌 기술이고 의술이다. 그뿐만 아니라 시, 회화, 조각, 건축, 음악 등의 제반 예술은 현대문명에 찌들고 병든 정신을 깨끗하게 씻어주고 치료해주는 '아름다운 기술(fine art)'인 셈이다.

히포크라테스가 활동한 시대(BC460~370)는 기원전 4세기 경 (BC?~194)에 건국한 고조선 전기에 해당한다. 그러므로 우리나라 예술론 같은 것은 그때 있지도 않았지만, 여기서는 아예 논의의 대상도 되지 않는다. 그러나 고구려 시대(BC37~668)에 와서 그들이 남긴 무용총(舞踊塚), 쌍영총(雙楹塚) 등 고분벽화를 살펴볼 때 우리나라에도 이미 아트(art)나 테크네(techne)와 같은 예술혼은 그때에도 이미 상존하고 있었다는 추론이다. 그렇지 않고서야 어찌 천추에 빛나는 걸작들을 남길 수 있었겠는가! 그 어간에 살다간 사람들이 수억 명이나 될 것인즉 진정 "인생은 짧고 예술은 길다."라는 명언을 다시 한 번 더 상기해보지 않을 수 없다.

금혼식을 위하여

아침에 장녀가 와서 우리를 데리고 간 곳은 아차산 뒤에 있는 B스튜디오였다. 이미 둘째 아들 부부는 부산에서 새벽 기차를 타고 와있었으며, 둘째 딸은 사위와 손주들을 데리고 연이어 도착하였다. 그렇게 모두가 사방에서 헐레벌떡 달려온 것은 우리의 금혼식 사진을 먼저 촬영해 놓기 위해서였다.

사진을 촬영하려면 메이크업을 먼저 해야 했다. 자부가 먼저였다. 그다음에는 내 차례였고, 그다음으로는 남편 차례였다. 생전에 두 번째로 앉아보는 자리였지만 어색하지 않았고 싫지도 않았다. 신부 화장에 준하는 메이크업이라니! 눈썹을 붙이고 머리는 검게 부풀려 올렸고 입술은 붉게 칠하였다. 다 끝난 다음에 거울을 보니 어디서 많이 본 듯한 젊고 아름다운 나 아닌 나를 발견하게 되어서 흐뭇해지는 마음이었다.

그런 후 시작한 사진촬영은 거의 3시간이나 걸렸고 촬영한 매수는 300여 장이나 되었다. 그다음 우리가 해야 하는 일은 우리의 필요에 따라 사진을 선별해야 하는 작업이었다. 20여 장 골라내었는데 1시간이나 걸렸다. 그것은 앨범용이었고, 그 외 액자용으로는 2개를 더 골라내었다. 그러려니 어른이나 아이 할 것 없이 모두가 진맥이 다 빠져버린 듯하였다. 둘째 딸이 김밥을 싸오지 않았으면 허기에 모두 지쳐 떨어졌을 것이다. 다만 섭섭했던 것은 얼마 전에 미국에 이

민 간 장남과 자부, 손주들이 사진을 같이 찍지 못한 것이었고…. 그래서 장손 가족이 빠진 사진을 어디에다 어떻게 걸어놓을까 벌써 걱정이었다.

그런데 사진값은 왜 그렇게 비싼가! 스튜디오가 3층 집으로 되어 있어 투자가 많이 되어서인가? 아니면 사진기사가 사진작가라서 그랬던가, 액자는 중간 것으로 1개당 30만 원이었고, 앨범은 기본이 10매로 1매당 5만 원이었다. 골라놓은 20매를 다 넣어서 앨범을 제작하면 거금 1백만 원이 소용되었다. 그래서 나는 금혼식 사진 한 장과 가족사진 한 장만을 주문해서 뽑자고 하였다. 그러나 자녀들이 우리가 다 알아서 할 것이니 가만히 계시라고 하면서 그냥 주문해 버렸다. 그래서 시키는 대로 가만히 있기는 하였으나 자녀들이 거금을 지출하게 되었으니 그것을 어떻게 당연한 듯 가만히 보고만 있을 수 있었을 것인가?

후회되었다. 작년부터 모년(某年) 모월(某月) 모일(某日)에 모여라. 우리가 결혼한 지 50주년이 되는 날이라고 주입식으로 했던 말이 후회되었다. 50주년이 바로 금혼식이니 알아서들 하라는 말에 다름 아닌 말이었기 때문이다. 자녀들이 얼마나 부담을 느꼈을까, 얼마나 서로 전화를 하였을까. 만나서 의론들은 얼마나 하였을까를 생각하니 부모가 덤터기를 씌운 것 같아서 미안하기 그지없었다.

은근슬쩍 물어보아서 안 일이었지만 그렇게 사진촬영을 하고 식사와 함께 숙소를 잡아주는데 1백만 원씩을 갹출하기로 하였다고 한다. 여행경비로는 장녀가 1백만 원을, 미국에 있는 장남이 200만 원을 보내온 상태였다. 그런데 아무리 금혼식이고, 자녀들이라고 해서 그렇게 많이 지출하도록 하는 것이 옳은 일인가 하였다. 그래서 아빠와 의론을 하였다. 그런 후에 2남 2녀, 자녀들에게 통보하였었다. "금혼식은 사진촬영으로만 한다. 웨딩은 다시 하지 않겠다. 그러니 친인척들을 초청하여 식사하려 했던 것도 하지 말라."라고 하였다. 여기까지만 해도 충분하였고, 자녀들의 등을 쳐서 먹는 것 같은 기분에 양심이 허락하지 않았기 때문이다.

숙소는 자녀들이 잡아주는 대로 하였다. 서울역 앞에 있는 힐튼호텔이었다. 4성 호텔이라 사양하였으나 아이들이 밀어 넣었다. "편안한 밤 되세요!"라고 하였으나 이 호텔이 얼마짜리 호텔일까 또 걱정이었다. 그러나 아이들이 다 돌아가니 일상으로 돌아온 것 같은 아늑한 마음이었다. 밖은 이미 어두컴컴하게 저물어 있었다.

커피 한 잔을 끓여 먹고 한참 있다가 메뉴판을 넘기면서 내가 말했다. "저녁은 간단한 거로 돌솥밥으로 해요." 하다가 말을 멈췄다. "이럴 수가?" 돌솥밥 한 그릇에 49,000원이었다. 제일 저렴한 것이 35,000원이었다. 일식으로는 모둠회가 260,000이었다. 안 되겠다 싶었다. 우리라도 돈을 아껴서 써야겠다. 밥 한 끼 먹는데 1십만 원을 내야 한다니? 산전수전 다 겪은 우리가 아니던가! 그로부터 20여 분 후였다. 우리는 명동영양센터에 앉아서 14,500원짜리 통닭 한 마리를 기분 좋게 뜯으면서 하하하 웃고 있었다. 자녀들아, 미안하고 감사하다!

어버이날 유감

　　5월은 가정의 달이다. 5일에 어린이날이 있고 이어서 8일에 어버이날이 있으므로 하여 5월은 초순부터 그야말로 가슴 부풀게 하는 축제의 달이 아닐 수 없다. 여느 때는 무심중에 지나다가도 5월만 되면 부모·자식 할 것 없이 모두 새 정신이 난 듯 무엇을 어떻게 해주어야 하나하고 고심까지 하게 되니 "가정사 모두 더도 말고 덜도 말고 5월만 같아라!" 하고, 기원까지 하게 되는 것이다.

　　어린이날은 3.1운동 이후 어린이들에게 민족의식을 불어넣고자 하는 운동이 활발히 전개되기 시작한 1923년 5월 1일에 색동회 중심으로 방정환과 마해송, 윤극영 선생 등 8명이 공표하고 기념행사를 치름으로 시작되었으나, 1939년 일제의 압박으로 중단된 뒤에 해방된 이듬해인 1946년 5월 5일을 다시 어린이날로 정하고 출발한 것이다. 어린이헌장은 1957년에 선포되었고, 공휴일로 제정된 것은 1970년도의 일이었다.

　　그러나 어버이날 제정에 대해서는 많은 이의가 제기되었으니 어버이날이란 본래가 '어머니의 날'이었기 때문이다. 교회를 중심으로 지켜지던 어머니날이 1957년도에 정책적으로 어버이날로 개칭되었고 그것이 오늘날에 이르게 된 것인데 날짜까지도 5월 8일로 아주 못 박아버렸던 것이다. 그것이 그렇게 된 것은 "왜 어머니날만 있느냐? 아버지날도 있어야 하는 것이 아니냐?" 하는 부처 간에 논란이 비등해 있었다는 것이다. 그리해서 세부득이(勢不得已) 정책적으로 제정된 날이 어버이날인데, 안타까운 것은 어버이날을 제정하면서 아예 어머니날을 없애버렸다는 사실이다.

어머니날의 유래는 1907년 미국의 안나 쟈비스(Anna Jarvis)라는 소녀가 어머니의 추모식에 카네이션을 바친 것이 시초라고 한다. 그녀는 평소에도 자주 카네이션을 달고 다녔는데, 이는 어머니가 좋아하시던 꽃이었기에 택한 것이라고 하였고 어머니의 은혜를 기리기 위한 꽃이라고 하여서 많은 사람을 감동시켰다고 한다. 그 후에 감동을 받은 많은 사람이 어머니를 추모할 때마다 카네이션을 쓰게 되었는데, 이 일이 널리 알려지면서 1914년에 미국 행정학의 아버지라 불리는 제28대 대통령 토머스 우드로 윌슨(Thomas Woodrow Wilson)이 5월 둘째 주 일요일을 어머니날로 기념하게 하였고, 교회를 통하여 전승되었으며 오늘날에 와서 우리나라에서도 어머니날로 정착되었다는 사실이다.

소파 방정환 등이 어린이날을 제정하게 된 본래 목적은 어려서부터 어린이들에게 민족의식을 불어넣고자 함에 있었고, 어버이날을 제정함에서는 어버이의 은혜에 감사하고 어른과 노인을 공경하는 경로효친의 전통적 미덕을 기리려 함에 있었음은 누구나 다 알고 있는 사항이다. 그런데 유감인 것은 본래 없었다면 모르겠거니와 어머니의 그 크신 사랑과 희생, 은덕을 기리던 어머니날이 어버이날로 제정된 후부터는 정부의 각종 기념일 등 규정에서는 찾아볼 수 없다는 안타까움이다. 차라리 어머니날은 어머니날대로 그대로 두고 아버지날을 따로 제정했으면 더 좋지 않았을까 하는 생각을 가지게 한다.

어머니날은 아직도 교회마다 철칙처럼 지켜지고 있다. 교회절기로 5월 첫째 주일이 어린이 주일이고, 둘째 주일이 어머니 주일인데, 어머니 주일에는 전 교인이 모두 가슴에 카네이션을 착용하고 예배를 드리게 된다. 어머니가 살아계시면 가슴에 빨간 카네이션을 달게 되고 어머니를 여읜 사람들은 가슴에 흰 카네이션을 착용토록 한다. 그렇게 볼 때 젊은이들은 대개 빨간 카네이션을 달게 되었고 늙은이들은 대개 흰 카네이션을 달고 있음을 보게 되는 데 비감이 드는 것은 젊은이들이 흰 카네이션을 달고 있는 경우였고, 감탄스러운 것은 환갑 진갑을 넘긴 백발의 노인들이 빨간 카네이션을 달고 있는 경우였다.

요즈음의 어버이날 풍경을 보면 어린이, 젊은이, 노인들 할 것 없이 누구나 다 온통 빨간 장미를 착용하고 다니는 것을 보게 될 때 세상이 온통 살아 있음에 대한 감사 일색일 뿐이요, 죽은 이들 특히 돌아가신 어머니에 대한 추모의 정이 실종되었다는 점에서 크게 상심하게 된다. 그러면서 생각한다. 아버지의 사랑이 아무리 크고 넓다고 한들 어머니의 사랑보다 더 크고 넓을 수 있을까? 어버이날만 되면 생각나는 아쉽기만 한 어머니날이 아닐 수 없다.

어머니의 넓은 사랑 귀하고도 귀하다/그 사랑 언제든지 나를 감싸줍니다/내가 올 때 어머니는 주께 기도드리고/내가 기뻐 웃을 때 찬송 부르십니다. 아멘!

장묘문화에 대하여

　　　　기분이 좋다. 요즈음만 같으면 100세 시대라고 해도 더 살았으면 싶은 마음이다. 좋은 일만 계속 터지기 때문이다. 선교사역적인 면에서는 정초부터 하나님 축복해 주시는 가운데 이미 두 개 교회의 성전을 건축하여 봉헌하였고, 민도로 섬 봉아봉 지역에 1개 교회 유치원을 개설하였다는 사실이다. 이는 우리가 선교를 시작한 후 11번째로 설립한 유치원인데, 연계하여 내년에는 초등학교과정까지 개설할 계획이다.

　현재 우리를 후원하고 있는 선교회는 엘이레 선교회(권재천 목사)와 오병이어 선교회(김광영 장로)인데, 엘이레 선교회는 순전히 우리가 집중적으로 사역하고 있는 성전건축을 후원하기 위한 선교회이다. 선교회 회원 50여 명이 매월 건축비 2만 원을 저축하고 있으므로 1년에 1개 교회 후원이 가능하고, 기도제목은 1년에 2개 교회의 후원을 목표로 하고 있다.

　오병이어 선교회 회원은 회원이 7명뿐이다. 20여 년 전부터 인데, 우리에게 100개의 교회건축과 100개 교회의 성전건축에 대한 비전을 심어준 선교회이기도 하다. 우리가 무엇을 하든지, 어디를 가든지 물심양면으로 지속해서 후원하고 있으니 큰 축복이 아닐 수 없다. 그 선교회 후원으로 건축한 성전이 이미 14개 교회요, 유치원이 5개 유치원이다.

사적(私的)인 면에서는 남편 목사의 평생 공들인 잠언 2천 편을 엮어서 '사랑의 아포리즘'이라는 제목으로 출판한 것을 시작으로 자녀들이 합심하여 금혼식을 올려주었고, 부족한 제가 미주 대한신학대학(Dae Han Theological Seminary U.S.A.)으로부터 명예신학박사학위(Dr. D.D.)를 수여받았다는 사실이다. 선교 30년의 사역과 선교활동을 위주로 한 문필활동의 공로가 인정되어 학위를 취득하게 된 것이다. 학위수여식에는 참석하지 못했다. 경비가 엄청났기 때문이다. 비행기 왕복표가 100만 원이고, 하루 숙식만 해도 200불이나 되었다. 차라리 그 경비로 예배당이 없어서 비를 맞으면서 예배를 드리고 있는 교회에 대나무라도 교회를 세워주자고 합의하였다.

특기할 사항은 우리가 죽어서 묻혀야 할 유택(幽宅) 한 채를 예기치 않게도 마련할 수 있었다는 점이다. 세상에서는 그곳을 "무덤이다" "산소다"라고 하지만, 우리 믿는 사람들은 그곳을 부활소망의 장소라고 부른다. 먼 미래(하나님께서 예정해 놓으셨겠지만), 부활 승천의 그날까지 우리 부부가 정답게 들어가서 살게 된 부활 승천소망의 자리이니 어찌 즐겁고 기쁘지 않을 것인가!

우리가 죽어서 가야 할 곳은 경기도 이천에 있는 메모리얼 리조트(Memorial Resort)였다. 메모리얼 리조트는 메모리얼 파크(Memorial Park)의 변형된 한국식 이름이다. 미국의 묘지는 문화적 보존가치를 인정받아 영구묘지로 지정된 메모리엘 파크와 일반묘지(Cemetery)가 있는데, 그것을 본떠서 메모리얼 리조트라고 하지 않았는가 한다.

본관을 중심으로 호텔이 A동과 B동이 날개를 펼치듯이 벌려서 있는

데 고급스러운 식당과 커피집이 연이었고, 그 가운데 수목과 수많은 꽃나무가 자태를 빛내면서 계단식 정원을 이루고 있었다. 납골당은 그 제일 안쪽 산비탈을 등진 틈새 교회 내에 있었다. 납골묘는 모두 3천 기였다. 우리가 잠들어 있어야 자리는 원로목회자 자리였다. 부부 합동 1기에 1천만 원이었고 관리비를 10년에 120만 원이었다.

여유가 있어 묫자리를 마련한 것은 아니었다. 그곳에 우리를 인도해 간 사람은 큰 자부 희원이었는데, 장소를 미리 물색한 후에 "어머니, 아주 편하고 좋은 공원이 있는데 우리 그곳에 한 번 가 봐요. 제가 그곳에 가서 음식 대접할게요."라고 하면서 우리를 인도하였었고, 예약한 후에는 금혼식 선물이라고 하면서 거금까지 선뜻 지불하였던 것이다. 내가 말했다. "여기서는 다 화장이에요. 화장한 다음에 유골을 가져다가 납골함에 봉안하든가 산골(散骨) 처리하게 되는가 봐!" 남편이 화답했다. "그렇겠지!" 나는 또 걱정스레 말했다. "화장하면 몹시 뜨겁겠지요?" "뜨거워도 참아야겠지!" 그런 농담을 주고받으면서 즐겁게 서로 웃었다.

우리나라의 전통적인 장례 방법은 매장(埋葬)이었다. 이는 모두가 조선 시대 이래 유교와 풍수지리사상의 영향을 받아 전통문화의 관행으로 고착된 것이었다고 할 수 있다. 그러나 현대에 와서는 그것이 차츰 화장(火葬), 풍장(風葬), 수목장(樹木葬)으로 자연 친화적인 장묘문화로 변질되고 있는 추세이고, 화장은 기독교적인 의미에서도 "너는 흙이니 흙으로 돌아갈 것이니라(창세기 3:19)." 하는 말씀구현의 첩경이 되는 장묘문화가 아닌가 한다.

나는 Free인생이었다

이따금 이런 생각을 해본다. 인생길에서 나보다 더 축복받은 사람이 어디 또 있을 것인가! 지나온 삶의 궤적을 따라가 보면 삶의 전반에 걸쳐 공짜가 아닌 때가 없었다는 생각이다. 그래서 문득 떠오른 생각이 "나는 Free인생이었다."이다. 결혼도 공짜요, 공부도 공짜요, 여행도 공짜요, 선교사역도 공짜요 등등, 모두가 돈 한 푼 들지 않았고, 그 모든 것을 공짜로 할 수 있었다는 추억이다. 이런 경우 사람들은 흔히 복을 덩굴 채 받았다고 말하나 예수를 믿는 우리는 은혜를 많이 받았다고 말한다. 그전에는 그걸 깨닫지 못하고 있다가 얼마 전에 명예박사학위(Dr. D.D.)를 공짜로 받은 후 문득 깨닫게 된 사실이다.

명예박사학위를 받는데도 돈을 내야 한다. 그것이 의무사항은 아니나 학교발전기금으로 얼마를 내는 것이 상식으로 되어 있다. 그런데 선교사가 무슨 돈이 있어 학교발전기금을 낼 수 있었겠는가! 학교당국자가 그것을 요구하지도 않았지만 내 경우는 선교 30년의 수고와 열매, 그리고 문필가로서의 활동이 반영되어 무상으로 학위를 취득할 수 있게 되었다.

결혼할 때는 친정 오빠가 모두 부담해 주었으니 공짜결혼이요, 학업은 입학할 때에 입학금을 낸 것밖에는 과대표를 연임하였기 때문에 장학금으로 계속 공부할 수 있었다. 신학교를 졸업한 다음에는 신학대학원에 가서 공부하였는데, 그때도 돈 한 푼 내지 않았다. 마침 남편 목사가 그 대학원의 교학과장에 있었으므로 교직원장학금을 받을 수 있었다. 이뿐만 아니라 성지순례와 미주여행 등 해외여행도 모두 공짜로 다녀왔으니, 성지순례는 총회 해외 선교부에서 공짜로 보내주었던 것이고, 미국여행은 남편이 대학원생을 인솔하고 갈 때 인솔자에게 주어지는 티켓이 있어서 얼마를 더 내고 덧붙여서 여행을 갈 수 있었던 것이다.

선교사 생활만 해도 그렇다. 하나에서 열까지 모두 후원자들이 보내주는 선교비로 사역하였고 생활을 하였으니 모두가 공짜요, 모두가 은혜 아님이 없었다. 그렇게 받아 쓴 선교비만 해도 엄청난 액수가 된다. 다른 분야의 선교후원금은 차치하고, 성전건축만 해도 공식적으로는 70개 교회의 성전을 건축하였으니 10여억 원이나 되는 셈이다. 나를 선교사로 파송한 교회와 협력교회들이 계속 내 필요를 채워주었으니 진정 나는 Free 인생이었다는 사실이다.

얼마 전에는 유택(幽宅)도 공짜로 한 채 마련하였다. 그 자리는 며느리가 금혼식 기념으로 사 준 것인데, 경기도 이천 메모리얼 리조트 안에 있었다. 호텔도 있고, 고급스러운 식당도 있고, 갖가지 꽃나무들이 들어 차 있는 아름다운 계단식 동산이었다. 며느리가 마련해 준 자리는 원로목사들의 자리인데, 우연히도 내가 한때 심방전도사로 있던 만나 교회의 이우영 목사님의 유골함이 놓여 있었다. 죽어서도 이 목사님을 당회장 목사님으로 모셔야 하나 하고 부담이 되었지만, 부활소망의 꿈을 안고 이 목사님과 함께 잠들게 되었으니 그 또한 영광이 아닐 수 없었다.

그뿐만 아니다. 내가 부활 승천한 후 영복을 누릴 장소로는 예수님이 이미 천국에 자리를 마련해 놓았을 것이니 얼마나 축복된 인생인가. 예수께서 약속하셨다. "내가 먼저 가서 자리를 만들어 놓겠노라!(요 14:1~3)"라고 하셨으니, 내 자리는 틀림없이 그곳에 있는 것이다. 그런데 그 자리는 특별한 자리로 공짜로는 안 될 것 같은 생각이다. 늙어서도 어린아이같이(마18:3) 살아야 할 것이고, 승천하시기 전에 명령하신(마28:19~20) 말씀을 지켜야 하는 것은 기본이다. 더 기도해야 할 것이고 맡겨진 사역에 더욱 최선을 다해야 할 것이다. 그래서 목숨까지를 내놓을 각오다.

결혼생활 50년이고 선교사생활 30년이다. 그런데 결혼과 출산, 만학도와 선교사의 삶에 있어 우여곡절이 있었음에도 인생을 공짜로 살았다는 것은 문제가 있는 것 같다. 다른 말로 하면 남의 신세를 많이 졌다는 것이고, 남의 신세를 많이 졌다는 것은 빚을 지고 살았다는 말에 다름이 없으니 자랑삼아 할 말은 아닌 것 같다.

앞으로 내게 주어진 시간이 얼마나 될 것인지는 주님만 알고 계시겠지만, 주님께 가기 전에 세상 빚 다 갚은 후에 가고 싶은 마음이다. 그래서 이렇게 기도드린다. "하나님 아버지! 공짜로 살게 하신 하나님께 감사와 찬송과 영광을 돌립니다. 그러나 빚지고는 하늘나라에 공짜로 갈 수 없습니다. 그 모든 것이 결코 공짜는 아니었다는 생각입니다. 그 빚 다 갚고 갈 수 있도록 영육 간에 건강 주시고, 더욱 치열하게 살게 하소서!"

그렇게 살면 안 되죠

사람이 살아가는 데 있어서는 나름대로 생각이 있고 방법이 있다. 그래서 사람들은 그 목적 달성을 위하여 갖가지 수단을 동원하게 된다. 그렇게 살다 보니 자연적으로 자기중심적인 삶이 되어 버린다. 그래서 비난을 받는다. 자기 이익 그만 챙기고 남을 위해서 살면 안 되냐 하는 비난이다. 나도 마찬가지다. "이웃 사람들, 이웃이나 친구나 간에 불문하고 사랑과 베풂을 실천하면서 살아라!"라고 서슴없이 말해 버린다. 나 자신은 그렇게 하지도 못하면서 말이다.

비근한 예로 "너나 잘하세요."라고 하는 말이 있다. 나는 잘하고 있으니 너나 잘하라는 말이다. 이는 어떤 사람이 그 사람에게 "그래서는 안 된다. 이래야 한다."라고 먼저 충고했음을 짐작게 하는 말이다. 아마도 그 충고는 진심 어린 충고였을 것이다. 그러나 돌아오는 말은 "너나 잘하세요."였다. 아니함만 못한 충고가 되어 버린 것이다. 어쨌든 충고는 고마운 것이고 마음에 담아서 교훈으로 삼아야 할 것들이기는 한데, 충고를 기쁘게 받아들인 사람이 몇 사람이나 될 것인가 한다.

한때 사람들의 입에 유행어처럼 오르내리던 말에 "사람이면 다 사람이냐, 사람다워야 사람이지!" 하는 말도 있었다. 가슴 아픈 일이지만, 이는 신용사회와 공동체 의식이 실종된 현실에서 너와 나의 관계에서 정말로 서로 믿고 의지하면서 설 사람이 몇 사람이나 될 것인가에 대한 자조적인 말이 아니었는가 한다. 그렇다면 사람다움이란 무엇인가? 특히 대인관계에 있어 자기 입장만을 고수하고 자기의 영달만을 위해서 사는 사람이 있다면 그와 어떻게 친밀하게 지낼 수 있을 것인가? 이런 풍토에 대해 어느 시인이 해결책을 제시했다. "자기를 객관화하라!" 자기를 객관화하면 남의 입장에 서서 자기를 냉정히 바라볼 수 있게 되거니와 남의 사정과 경우를 이해할 수 있게도 될 것이기에 만사가 형통하게 된다는 지론이었다.

"그렇게 살면 안 되죠!" 이는 어떤 목사님이 얼마 전에 내게 한 말이었다. 당신의 말에 순종하지 않는다고 꼬집은 E메일을 보냈다. 나는 그 E메일을 보는 순간적으로 분격하였고 "너나 잘하세요."라고 답신을 보내고 싶었다. 그러나 참았고 그 말을 기쁘게 수용하기로 하였다. 충언이었고, 무엇보다 내 잘못이 컸기 때문이다. 그러나 가슴이 아팠고 한동안은 나 자신에 대한 회의를 치유하기 위해서 기도해야 했었다.

사유는 다음과 같았다. 어느 날 그 목사님이 전화로 단기선교를 타진해 왔다. 좋다고 하였고 예정일을 잡아놓았다. 그런데 약속한 다음 날, 내 편에서 문제가 생겼다. 내가 속해 있는 선교회에서 긴급회의통보가 왔는데, 우연히도 개최일이 겹쳐 있었다. 그래서 다른 날로 잡아 달라고 요청하였다. 안 된다고 하였다. 사유를 설명하면서 연기해 달라고 다시 요청하였다. 안 된다고 하였다. 계획대로 하지 않으면 선교후원을 끊겠다고 으름장을 놓았다. 나는 "그래도 할 수 없지요."라고 하였다. 그랬더니 전화를 끊고 E메일로 띄운 말이 "그렇게 살면 안 되죠."였다. 그러면서 정말로 선교후원을 끊어버렸다. 물론 나의 잘못이

었다. 일단 약속을 하였으면 지키는 것인데, 그리하지 못했으니 지금
도 회개하는 마음이다. 그러나 그 목사님이 조금 양보해 주었으면 안
되었을까 하는 생각을 하게 된다.

그 긴급회의는 선교사의 운명을 좌우하는 정말로 중요한 회의였다.
나를 선교사로 파송한 총회가 타 교단과 통합을 결의함으로 인하여
통합을 찬동하는 측과 통합을 반대하여 교단을 수호하려는 측으로
양분되었고, 선교사에게도 그 불꽃이 떨어져서 양자택일해야 하는 그
런 엄중한 시기의 회의였다. 따라서 나도 회의에 참석해서 견해를 밝
혀야 했었다. 도저히 단기선교를 진행할 처지가 아니었던 사실이다.
그 긴급회의에 대해 자세히 설명하였는데도 그랬으니 너무나 섭섭한
마음이다.

여기서 심사숙고해야 할 것은 과연 사람이 어떻게 살아야 사람답게
사는 것인가 하는 것이다. 내 생각과 내 방법은 물론 중요하다. 자기의
목적 달성을 위해서 전투적으로 살아가는 것에 대해 시비를 걸 수는
없다. 삶의 수단과 방법이 달라서 자기 기준으로 상대방을 비난하거나
평가해서도 안 되는 것이다. 그래서 먼저 자기의 생각을 내려놓아야
한다는 생각이고 남을 이해하고 배려하면서 살아야 한다는 생각이다.
그러면 "그렇게 살면 안 되죠!"라고 말할 필요도 없거니와 "너나 잘하
세요!"라고 반박할 필요도 없을 것이 아닌가 한다.

8·15 해방과 일본군위안부

　　선교지를 다녀온 이튿날 아침이었다. 해풍에 찌든 머리 감고 샤워하고 다리 뻗고 앉아 TV를 켰는데 '일본군위안부 피해자 기림의 날' 기림식이 거행되고 있었다. 생소한 '기림식'이라 한참을 시청하게 되었다. 내용이 내용인지라 시청하는 동안 계속 참담한 마음을 금할 길 없었다. 우리가 왜 그런 치욕스러운 일제의 만행을 여태까지 간과하고 있었던가 하는 부끄러움이었다.

　일본군 위안부 피해자 기림일은 2013년도에 제정된 국제적인 '세계일본군위안부 피해자 기림일'이 있는가 하면 우리나라의 경우는 국가지정일로 매해 8월 14일에 기리는 일본군위안부 피해자 기림일이 있었다. 진선미 여성가족부 장관이 나와 기념사를 하였고, 정계 요인 등 많은 사람이 식장을 메우고 있었는데, 일제의 반성 없는 폭거와 잔인성에 모두가 침통한 표정을 하고 있었다.

　8월 14일! 오늘이 바로 그날이었다. 우리의 아름답고 용기 있는 위안부 출신 김학순(1924~1997) 할머니께서 1991년 8월 14일에 "내가 바로 일본군 위안부였다!"라고 그 경험을 최초로 고백한 바로 그날이었다. 김학순 할머니의 용기 있는 고백은 숨어 살면서 고개도 들지 못했던 수많은 일본군위안부 피해 할머니들에게 새 삶에 대한 소망과 용기를 심어 주었다. 그래서 일본군위안부 피해자들이 더는 숨어 있지 않고 "나도 일본군

위안부 피해자였다!"라고 하면서 일본의 만행을 만천하에 고발하기에 이르렀고, 일본군위안부 피해문제를 개별적인 문제가 아닌 사회문제로 부각시키기에 서로서로 힘을 모으게 되었던 사실이다.

김학순 할머니의 뒤를 이어 일본군위안부의 만행을 고발한 할머니는 김복동(1926~2019) 할머니였다. 김복동 할머니는 1940년 만 14살에 일본군위안부로 연행되어 중국, 홍콩, 말레이시아, 인도네시아, 싱가포르 등 일본군의 침략 경로를 따라 끌려다니면서 성노예 생활을 하다가 1947년 일본군위안부로 끌려간 후 8년째 되던 22세에 귀환하였다. 귀환 후 수 십 년을 큰 죄를 지은 죄인인 양 숨어서 살다가 1992년부터 일본군위안부 피해 사실을 공개하면서 활동하기 시작하였는데 국내외적으로 활동하였고, 2000년에는 일본군 성노예 전범 여성 국제법정에 참석하여 증언하기도 하였다. 이는 오로지 일본군위안부 문제를 사회문제로 확대하는데 일생을 바친 김학순 할머니의 뜻과 용기에 힘입은바 컸다 하겠다. 이후에 김복동 할머니는 2015년에 대한민국이 낳은 여성운동가로 국경없는기자회, AFP에 의하여 '자유를 위해 싸우는 100인의 영웅'에 선정되기도 하였다.

2019년 8월 14일, 오늘은 마침 수요일이기도 했다. 매주 수요일에는 수다한 애국시민들이 일본대사관 앞에 다수 모여서 일제 군국주의 성노예제를 규탄하는 집회가 열리고 있었는데, 그동안의 횟수가 무려 1,400회에 이르고 있었다. 이날에는 거동이 여의한 위안부 피해 할머니들은 다수가 이 집회에 참석하였고, 일제의 만행을 규탄함과 동시에 모두가 함께 평화롭게 사는 세상을 만들자고 호소하고 다니기도

하였다. 그 속에는 김학순 할머니도 있었고, 김복동 할머니도 있었다. 그러나 이제는 일본군 성노예제의 진실을 밝혀줄 생존 위안부피해 할머니들은 2019년 현재 20명에 불과하다고 한다. 진심 어린 사죄를 받기 원하던 일본군위안부 피해자들의 외침은 아베와 극우 집단들의 멸시와 조롱 속에서 그렇게 점차 사라져 가고 있는 현실이다.

'일본군 위안부'란 일본이 만주사변(1931.9.18.)을 일으킨 이후부터 태평양전쟁에서 패전한 1945년까지 전쟁을 효율적으로 수행하기 위해서라는 명목으로 설치한 '위안소'에 강제 동원되어 일본군의 성노예 생활을 강요당한 여성을 지칭하는 말인데, 문헌과 증언 속에서는 작부, 특수부녀, 취업부, 여급, 창기 등의 이름으로 호칭되기도 하였다.

할머니들은 말한다. 우리나라가 일제로부터 해방은 되었으나 강제징용 등 일본군위안부 피해자들의 명예와 인권이 회복되지 않는 한 일제로부터 완전히 해방된 것은 아니라고 절규한다. 생전에 그토록 원했던 진정한 사죄도, 꽃다웠던 시절에 짓밟힌 원통함도 보장받지 못한 채 유명을 달리한 할머니들을 생각할 때 진정 가슴이 무너지는 한과 아픔이 있는 것이다. 일본군위안부 성노예가 되어서 몸은 비록 찢기고 병들었으나 "내가 바로 일본군위안부였다."라고 용기 있게 말하면서 세계 곳곳에 수많은 평화의 발자국을 남기고 있는 일본군위안부 할머니들의 목소리를 절대로 잊지 말자! 그들이 이루지 못했던 뜻을 함께 이루어가자. 친일청산을 제대로 하고 대한민국의 미래를 새롭게 써가는 기림의 날이 되게 하자!

가갸거겨 가스펠송

　　황당한 일이었다. 선교사역 30년 만에 이곳저곳 초빙되어서 설교도 많이 했고 간증도 많이 했으나, 내 신상 문제를 열거하면서 간증하기로는 처음의 일이었다. 이는 경기도 안산에 있는 어느 교회에 초빙되어 갔을 때의 일이었다. 오전에 같이 예배를 드리고 찬양예배 때에 사역보고와 함께 간증하려니 했었는데, 오후 예배라는 것이 전혀 없어서 황당하기도 했다. 간증은 K 목사님 설교 전에 간단히 할 수 있었다. 이상한 교회라는 생각을 하였다. 오후예배를 완전히 빼버리다니!

　그런데 그게 아니었다. 점심 후에 K 목사께서 "선교사님, 괜찮다면 오후 예배를 요양원에 가서 드리는데 같이 가시지요!"라고 하였다. 그러면서 "우리 교회는 오전 예배만 교회에서 드리고 오후 예배는 요양원을 순회하면서 드리고 있습니다."라고 하는 것이 아닌가! 그때야 이해가 되었다. 그 교회를 담임하고 있는 K 목사님은 초면이었다. 그러니 내가 어떻게 그 교회의 저와 같은 사역내용을 알 수 있었겠는가!

　그래서 따라간 곳이 가은요양원이었다. 어르신들이 30여 명쯤 모여서 우리를 기다리고 있었는데, 거의 휠체어를 타고 앉아있었다. 80~90세의 노인들이었고, 102세나 잡수신 어르신도 계셨다. K 목사께서 내게 주문을 하였다. "나는 어떻게 예수를 믿게 되었나?" 순간 나는 몸이 경직되었고 무엇을 어디서부터 말해야 하나 하고 당황할 수밖에 없었다.

나는 본래 시집오기 전까지는 불신자였기 때문이다. 그러나 곧 마음을 가다듬을 수 있었다. 요양원예배라는 것이 예수를 믿는 성도들이 모여서 드리는 예배가 아니라 전도목적의 예배라는 것을 깨달았기 때문이다. 그래서 "나는 어떻게 예수를 믿게 되었나? 시어머니의 전도로 예수를 믿게 되었습니다."라고 간단히 인사를 한 후에 시어머니가 가르쳐준 노래라고 하면서 1930년대의 가스펠송(?)을 불렀다. 왜냐하면, 그 복음송가 속에는 예수를 왜 믿어야 하고, 믿은 후에는 우리가 무엇을 어떻게 하면서 살아야 하는 등등, 소위 조직신학과 실천신학이 말하는 모든 내용이 그 속에 포괄적으로 들어 있기 때문이었다. 할렐루야! 모든 이에게 평안과 안식을!

가갸갸 거겨겨 가슴위에 거룩한 십자가 그려붙여
고교교 구규규 고락간에 구원의 복음을 전해보세
나냐냐 너녀녀 나의갈길 너무나 멀다고 염려마라
노뇨뇨 누뉴뉴 노아때에 누구라 방주를 비방하랴
다댜댜 더뎌뎌 달음박질 더디게 하면은 떨어진다
도됴됴 두듀듀 돌을딛고 두말을 말고서 떠라오라
라랴랴 러려려 라팔소리 우러렁 주재림 고대하세
로료료 루류류 로생행인 루락지 말고서 따라오라
마먀먀 머며며 마귀진을 머물지 말고서 학대하세
모묘묘 무뮤뮤 모진광풍 무서운 바람이 앞을막아
바뱌뱌 버벼벼 바라보니 버려진 형상을 누가쓰랴

보뵤뵤 부뷰뷰 보배피와 부활의 승천은 우리구주
사샤샤 서셔셔 사랑하세 서양과 동양을 사랑하세
소쇼쇼 수슈슈 소나무는 수천리 천하에 제일이요
아야야 어여여 아이들아 어려서 예수를 굳게믿어
오요요 우유유 오락육축 우애와 창검이 쓸데없네
자쟈쟈 저져져 자랑하세 저십자 공로를 자랑하세
조죠죠 주쥬쥬 조롱말고 주리던 영혼아 생수먹게
차챠챠 처쳐쳐 차세상에 처하여 살기 어려우리라
초쵸쵸 추츄츄 초로인생 추풍에 낙엽이 떨어진다
카캬캬 커켜켜 카인아벨 쿡찔러 가인이 아벨죽여
코쿄쿄 쿠큐큐 코를골며 쿠루룩 쿠루룩 졸지말아
타탸탸 터텨텨 타락말고 터닦은 위에다 집을짓세
토툐툐 투튜튜 토색질과 투기와 간사는 장래멸망
파퍄퍄 퍼펴펴 파도같이 퍼펴져 가는건 주의복음
포표표 푸퓨퓨 포폄낙엽 푸릇던 초목이 떨어진다
하햐햐 허혀혀 하늘위에 허락한 복락에 들어가세
호효효 후휴휴 호호탕탕 후일에 천당에 올라가세

한국이 낳은 최초의 여의사 맹부일

집안 이야기를 해야겠다. 웃어야 할지, 울어야 할지. 사실은 심각하고도 비밀스러운 이야기인데, 그 이야기를 전해주는 사람들이 웃으면서 이야기를 해주었기 때문이다. 여기서 하고자 하는 이야기는 시아버지와 시할머니에 관한 이야기이다.

내가 최 씨네 집으로 시집을 올 때는 시아버지는 오래 전에 돌아가셨고, 시어머니만 혼자 생존해 계셨다. 시어머니는 과묵하신 분이라 말씀을 잘 하지 않으셨으나 이따금 친인척들이 모이면 이북사람들이라서 투박한 사투리로 떠들면서 이야기를 했는데, 최고로 웃기는 이야기는 시아버지와 시할머니에 관한 이야기였다. 결론은 시할머니가 한국이 낳은 최초의 여의사라는 것이었다. 그 이야기를 할 때면 모두가 허리를 잡고 웃었고, 시어머니는 얼굴이 빨개져서 한구석에 쭈그려 앉아 있었던 모습이 아직도 눈이 선하기만 하다.

시아버지의 존함은 최덕빈(崔德斌/1902~1958)이고 호(號)는 천만(千萬)이었다. 호는 시아버지가 장성해서 취득하게 된 것이 아니라 세상에 태어나자마자 얻게 된 호였다. 무슨 다른 뜻이 있어 붙여진 호가 아니었고, 그냥 "천만뜻밖이다."라는 뜻이었다고 한다. 그도 그럴 것이 시할머니가 20대 초에 시집와서 첫 딸을 낳은 후 단산했다가 거의 20여 년만에 낳은 아들이었기 때문이다. 정말로 천만- 천만뜻밖이었던 임신이요, 출산이었다. 장손 집안에 대가 끊어지는 줄 알았다가 단산 후에 장손을 낳게 되었으니 경사 중의 경사가 아닐 수 없었다.

시아버지는 잘 자라주었다. 애지중지, 잡으면 부서질세라 놓으면 날아갈세라, 시할아버지와 시할머니는 시아버지를 보물처럼 다루면서 시아버지를 키웠다. 그런데 어느 날이었다고 한다. 시아버지에게 젖을 물린 시할머니는 이쯤이면 되겠지 하고 젖을 뗀 후에 잠깐 자리를 비웠다고 한다. 그런데 그 자리를 비웠을 때 문제가 터진 것이다. 시아버지는 발버둥을 치면서 대변을 보게 되었고 대변 냄새를 맡은 강아지가 달려와서 시아버지의 대변을 먹게 되었다. 그런데, 그런데 말이다. 강아지가 그때 대변만 먹은 것이 아니라 시아버지의 고환까지 뜯어 먹게 되었던 사실이다.

기절초풍할 노릇이었다. 시할머니는 정신이 없었다. 장손의 고환을 강아지가 뜯어 먹었으니 이 일을 어찌할 것인가! 정신이 아찔하고 눈물이 범벅처럼 흘렀지만, 그것도 잠시, 시할머니는 정신을 차리고 고환의 상태를 자세히 살펴보았다고 한다. 살펴보니 고환 한쪽은 강아지가 완전히 먹어버렸고 남은 한쪽이 더덜더덜 달려 있었다고 한다. 지금 같으면 119라도 불렀겠지만, 시골이라 병원이 없었고 병원이 있다고 해도 병원으로 달려갈 시간이 있을 리 없었다. 시할머니는 온몸이 부들부들 떨렸지만, 마음을 진정시킨 후에 대야에 소금물을 연하게 풀어서 와서 고환을 잘 씻어내었다. 시할머니는 우리나라 초대 천주교 신자였다. 성호를 긋고 기도하면서 남아 있는 고환 한쪽을 가만히 고환 집에 밀어 넣었다. 그리고 명주실을 참기름으로 잘 소독한 후에 너덜너덜해진 고환을 꿰매기 시작하셨다는 사실이다. 봉합 수술은 성공이었다.

그랬다. 그 이야기를 내게 해준 사람은 외사촌 올케였다. 그러니까 그 외사촌 올케는 시고모님이 20대 초에 낳은 딸이라서 나이가 많았고 시어머니와는 불과 두 살 차이였다. 그 사촌 올케가 내게 말했다. "야, 너 시할머니한테 지금이라도 고맙다고 해야 돼! 그렇지 않으면 네 남편 세상에 태어나지도 않았을 것이고, 너 시집도 못 왔어야!" 그러면서 언제나 하는 말은 "우리 외할머니 참 대단하신 분이야. 한국이 낳은 최초의 외과 의사가 아니겠니?!" 하면서 동의를 구하는 것이었다. 그때가 언제였는가 하면 정확하기로는 시아버지의 출생연도인 1902년의 일이었다. 연대를 계산해보니 딴은 시할머니(孟富日 1857~1942)가 무자격자요 기록에는 없지만, 우리나라 최초로 외과수술을 실시한 여자였다는 생각을 다시 하게 된다. 실제로 우리나라최초의 여의사는 이화학당을 거쳐 미국 볼티모어 여자의과대학을 졸업한 후 귀국하여 전국을 순회하면서 활동한 김점동(金點童박에스터 1875~1910) 석학이다. 그녀는 이화학당 구내에 설치한 보구여관(保救女館/여성을 보호하고 구한다.)에서 의사로 있던 로제타 셔우드 홀(Rosetta Sherwood Holl 1865~1951)의 제자인데 폐결핵에 걸려 35세라는 나이에 요절하였으나, 그 덕분에 결핵 퇴치기금모금을 위한 크리스마스 실을 탄생케 한 장본인이기도 하다.

어쨌든 시할머니는 4촌 올케의 말씀같이 내게는 최고최대의 은인이시고, 만약 그때 시할머니가 당황한 나머지 그 남아 있는 시아버지의 고환 한쪽을 바느질하듯이 수술로 살려내지 못했다면, 오늘날 내가 어떻게 최 씨네 며느리가 되었겠으며 활개 치면서 다닐 수 있었겠는가 한다.

사랑한다는 것과 용서한다는 것

(1)

　　사랑하면서 산다는 것은 무엇인가? 결론부터 말하면, 죽어가는 영혼들을 구원하기 위하여 독생자를 내어주신 하나님의 아낌없으신 그 사랑과 같이 자기의 가장 소중한 것을 내어주는 사랑이라고 생각한다. 모든 것을 내어준다는 것은 내가 어떤 피해와 곤경에 처해도 그것을 감수하는 생각과 마음으로 사는 희생정신을 말한다. "사람이 친구를 위하여 자기 목숨을 버리면 이에서 더 큰 사랑이 없나니(요15:13),"라는 말씀과 같이 예수는 우리를 구원하기 위해서 하나님 아버지의 뜻을 따라 자신의 목숨을 아낌없이 내어주신 것이니 우리도 그와 같이 우리의 목숨까지도 아끼지 않는 삶을 살아야겠다.

　　문제는 실천도 하지 못하면서 사랑이라는 말을 아주 자연스럽게 남발하고 있는 경우다. 그 마음속에 자리 잡은 시기와 질투 같은 것은 그대로 둔 채 말만으로 사는 인생이다. 나는 청빈한 자요, 하면서 부한 자들을 미워하고, 나는 세상과 벗하면서 살지 않는다고 하면서 명예와 권력을 탐하는 것 등등, 그것이 잘못된 삶인 줄도 모르고 떠들고 다니는 경우이다.

　　사랑은 모든 것을 덮는다고 한다. 조건과 환경을 따지지도 않는다. 하나님이 독생자 예수를 보내어서 우리의 허물을 덮어주시고 용서해

주신 것처럼 우리도 그런 사랑을 본받아서 남의 허물을 덮어주면서 사는 삶을 살아야겠다. 그러기 위해서는 마음을 열어야 한다. 열린 마음으로 세상을 보면서 초대교회의 교인들처럼 유무 상통하면서 살아야겠다. 긍휼이 없는 마음, 탐욕스러움, 남을 용서할 줄 모르는 사람은 아예 마음조차 열려고 하지 않으니 자기도 모르게 이기적인 삶을 살아가게 되는 것이다. 그런 사람은 너희들이 와서 고개를 숙일 때 나는 끄떡하겠다는 교만과 자만심 속에서 자신만의 이익을 구하면서 사는 사람에 불과하겠다. 참사랑이란 자기의 이익을 구하지 않고 남의 형편을 먼저 살펴서 구하는 그런 사랑이 아닌가 한다.

(2)

　　　　용서하면서 산다는 것은 무엇인가? 결론적으로 말하면, 포괄적으로 사랑하는 것이다. 모든 것을 포괄한다는 것은 우리에게 독생자를 내어주신 하나님의 그 넓고도 크신 사랑과 같이 병든 자나 가난한 자나 갇힌 자나 죄인이라고 할지라도 모두를 사랑으로 품고 용서하는 사랑이라 하겠다. 우리는 세상을 살아가는 삶 속에서 많은 사람을 사랑한다고 생각하며 또한 그렇게 살기를 원하며 바라면서 사는 것이 사실이나 과연 그렇게 살아왔는가 생각할 때에 그러지 못한 삶이었음을 고백하지 않을 수 없다.

예수님께서 말씀하셨다. "그때 베드로가 나아와 가로되 주여 형제가 내게 죄를 범하면 몇 번이나 용서하여 주리까. 일곱 번까지 하오리까. 예수께서 가라사대 네게 이르노니 일흔 번씩 일곱 번이라도 할

지니라(마18:21~22)."

여기서 생각할 점은 용서란 사랑의 시작이고 은혜의 결정체라는 사실이다. 이에 비추어서 나는 그동안 얼마만큼의 남을 용서하면서 살았던가, 또는 얼마만큼 누구를 어느 정도 사랑했는가를 생각해 볼 때 나는 여태까지의 삶이 모두 나만을 위한 삶이었구나 하고 회개하지 않을 수 없게 된다.

내 남편, 내 형제를, 내 부모를, 내 이웃을 내가 너를 얼마만큼 사랑하고 용서했는가를 생각할 때 실로 회개하지 않을 수 없는 마음이다. 하나님께서 독생자 예수를 내어 죽을 수밖에 없는 우리를 구원해주신 그 사랑이 우리 크리스천들이 피 속에, 구원의 역사 속에 과연 뿌리박혀 있음을 깊이 생각하고 용서를 실천하면서 살아가자. 따라서 사랑을 실천한다는 것은 사랑으로서만은 안 되고 용서가 따라야 하는 것이 된다. 즉 사랑하는 것이 용서하는 것이고 용서하는 것이 사랑한다는 것이니 이 둘은 하나이자 둘이다.

사랑하라고 하면서 진정 용서는 하지 않고 용서하라고 하면서 사랑을 실천하지 않는다면 그 사랑이야말로 허울뿐인 사랑이요, 가식적인 사랑이 되는 것이다. 내 받은바 구원의 은혜와 믿음 안에서 바르게 서게 되는 것 모두가 하나님이 나를 온전히 사랑해주시고 용서해 주신 것이니 나 또한 그러한 삶을 살게 되기를 위해서 기도해야 한다.

우리 죄를 사해 주시려고 독생자를 십자가에 못 박혀 죽기까지 내어주신 하나님의 그 무한대한 사랑의 일부분이라도 우리는 실천하면서 살아야겠다는 생각을 다시 하게 된다. 사랑하고 용서하고, 용서하고

사랑하면서 사는 삶이야말로 크리스천들이 수행해야 할 참사랑의 법
이 아닌가 한다.

우리나라 1호 박사 편람

　　올해로 선교사역 30년을 맞이하게 되었다. 파송은 1992
년도였으나 현지에 도착한 것은 그보다 2년 빠른 1990년 4월이었다. 그
해는 하와이 인터내셔널신학대학원에서 석사학위를 받은 해이기도 했
다. 동문과 함께 동년 2월에 학위수여식에 참석하였고, 쓰고 남은 경비
가 있어서 필리핀에 단기선교를 왔던 것이 계기가 되었다.

　그동안의 사역을 정리해 보면 교육사역, 부족사역, 낙도사역, 교회개
척사역, 성전건축사역 등이다. 더 구체적으로 말하면 교회 유치원 설
립 12개소, 그리고 11개 섬을 정탐하면서 복음을 전했는데 교회개척
55개 교회, 성전건축 71개 교회에 이르게 되었다. 이는 모두 하나님께
서 영육 간에 건강을 베풀어주시고 성역(聖役)을 할 수 있도록 온전히
인도해 주시고 축복해 주신 결과인바 생각할 때마다 오직 감사와 찬송
만이 있을 뿐이다. 그런데 더욱 감사한 것은 미력하지만 그러한 사역
의 공적이 어필되어서 미국의 모 신학대학으로부터 명예 신학박사 학위
(D.D.)를 받게 된 사실이다. 그것도 대한예수교장로교(대신 측) 파송 여
자선교사 1호라는 영예로 말이다.

　그래서 생각해보았다. 박사학위가 차고 넘치는 현실에서 명예를 탐하
는 선교사라고 손가락질을 당할지는 모르겠지만, 영광으로 생각하고,
그것을 계기로 도대체 우리나라에 박사학위를 가진 사람이 몇 사람이

나 될 것인가 하는 생각과 함께 각 분야에 걸친 최초의 박사는 누구일까 하는 궁금증이었다. 그리하여 수소문해 본 우리나라의 각 분야 1호 박사들은 다음과 같았다.

1910년 정치학박사 이승만, 프린스턴대학교
1924년 의학박사 윤치형, 규슈제국대학
1926년 이학박사 이원철, 미시간대학교
1929년 보건위생학박사 송복신 미시간대학교
1934년 공학박사 최 황, 오하이오주립대학교
1935년 농학박사 우장춘, 도쿄제국대학
1935년 신학박사 김치선, 달라스신학교
1948년 명예박사 더글러스 맥아더, 서울대학교

1호 정치학박사 이승만(1875~1965)은 '전시 중립론 – 미국의 영향을 받은 중립'이라는 논문으로 박사학위를 취득하였고, 독립운동가로 우리나라 초대대통령을 역임하였다.

1호 의학박사 윤치형(1986~1970)은 「건강폐와 결핵폐에 미치는 기흉의 작용」이라는 논문으로 학위를 취득하였고, 의사로 경성의전(서울대학교 의과대학) 교수를 역임하였다.

1호 이학박사 이원철(1896~1963)은 '독수리자리의 에타성(星)의 대기운동'이라는 논문으로 박사학위를 취득하였고, 천문학자로 중앙관상대 초대대장, 학술원 종신회원, 인하공과대학(인하대학교) 교수를 역임하였다.

1호 보건위생학박사 송복신(1900~1994)은 '인종별 성장 차이'라는 논문으로 박사학위를 취득하였고, 우리나라 최초의 여성박사로 독립운동단체인 송죽회(松竹會) 멤버로 활동한 바 있으나 미국에 정착한 관계로 그 이후의 활동은 잘 알려지지 않았다.

1호 공학박사 최 황은 1934년에 박사학위를 취득하였고, 생몰년도와 활동사항 불명이다.

1호 농학박사 우장춘(1898~1959)은 '배추속(Brassica) 식물에 관한 게놈분석'이라는 논문으로 박사학위를 취득하였고, 육종학의 대가로 김치의 재료인 배추와 무를 비롯한 우리 음식의 여러 필수적인 먹거리들, 채소들은 대부분 우장춘 박사와 그의 제자들이 연구한 종자에 의한 것이다.

1호 신학박사 김치선(1899~1968)은 'The Mosaic Authorship of the Pentateuch'라는 논문으로 박사학위를 취득하였고, 목사, 신학자, 교육자의 길을 걸었다. 총회신학교 (총신대학교) 초대 교수를 역임하였고, 대한신학교(안양대학교)를 설립한 '한국의 예레미야' '눈물의 선지자'.

1호 명예박사 더글러스 맥아더(1880~1964)는 미국의 군인이자 정치가이며 사회운동가이다. 제1차 세계대전, 제2차 세계대전, 한국전쟁에서 미국군과 연합군의 지휘관으로 활동한 전쟁영웅이다.

이상은 해방 전까지의 1호 박사 편람이다. 해방 이후는 직종이 다양

해짐에 따라서 각 분야의 1호 박사 또한 차고 넘치게 되었으니 일일이 거명할 필요를 느끼지 않았다. 분명한 것은 1호 박사들은 그가 누구였든 간에 정치, 경제, 문화, 사회, 종교 등 각 분야의 선각자들이요, 개척자들이었다는 사실이다. 이에 선진들의 업적을 치하하며 삼가 명복을 빌어 마지않는다.

타작 마당

　　요즈음에 와서 TV나 유튜브를 자주 시청하게 된다. 세상 돌아가는 것이 하도 요상하고 불길하여서 우리나라가 앞으로 어떻게 될 것인가 염려스럽기도 해서 자연히 TV나 유튜브를 가까이하게 되더라는 것이다. 제일 관심을 끄는 것은 정치판의 행태였다. 정치에는 거의 관심이 없던 나였다. 관심이 있었다면 국가권력에 대해서는 복종해야 하는 것이 신앙인의 올바른 자세라는 정도였다.

　그것은 로마서 13장 1~2의 말씀에 적시되어 있는 바와 같은 생각이었다. 즉 "각 사람은 위에 있는 권세들에게 복종하라. 권세는 하나님으로부터 나오지 않음이 없나니 모든 권세는 다 하나님이 정하신 바라. 그러므로 권세를 거스르는 자는 하나님의 명을 거스름이니 거스르는 자는 심판을 자취하리라."라 함과 같았다. 그런데, 그런데 말이다. 요즈음에 와서 그런 생각이 자꾸 바뀌더라는 것이다. 세상 권세가 하나님으로부터가 아니라 사탄에게서 나온다는 생각을 하게 되더라는 것이다.

　지난 2~3개월 동안 세상을 온통 들쑤셔 놓은 정치판의 이전투구가 나를 그렇게 만들어 놓았다는 고백이다. 그중에서 제일 드라마틱한 것은 서울대학교 조국 교수가 법무부 장관으로 임명된 시점에서부터 사표를 내고 퇴임할 때까지의 과정이었다. 2~3개월 내내 한편에서는 조국 퇴진을 외치고, 다른 한편에서는 조국 사수를 외치고! 그런데 문제는 그것이 좌파와 우파, 진보와 보수라는 진영논리로 확대되어 국론이 아주 두 동강이가 되어 버리다시피 되고 말았던 현실이다.

이에 대하여 정치평론가들은 우려에 우려를 섞어서 사태를 부풀리기도 하였고, 엄중히 경고하기도 하는 것이었다. 이에 대통령의 하야까지를 주창하면서 부채질을 하는 목사까지 등장하고 있는 현실임을 개탄하기도 하였다. 그런데 신기한 것은 좌파 우파 간에 한 가지 주장만은 일치하고 있었다. 바로 검찰을 개혁해야 한다는 주장이었다. 아랫글은 정치에 관심이 많은 어느 목사가 페이스북에서 올린 퍼온 글의 전문이다.

"적폐검찰, 검찰은 박근혜 대통령 사건 때에 그야말로 무자비하게 조사를 했다. 구속영장 기각되면 다시 또다시 청구해서 기어코 영장을 발부받았다. 그래서 박근혜 정권은 무너졌고 지금 문재인 정권이 들어섰다. 검찰은 지난 정권을 무너뜨리는데 일등공신임과 동시에 또한 문 정권이 태동하는데도 일등공신이다. 그래서 문재인은 윤석열을 기어코 임명을 강행했다. 여당은 박수치며 환호했다. 그런데 지금 검찰은 적폐로 몰리고, 야당과 내통하는 적폐로 몰고 있다. 검찰개혁이라는 이름으로 말이다. 도대체 무엇이 잘못된 걸까? 성역 없이 조사하라고 주문했던 대통령과 이에 박수를 치던 여당은 무엇 때문에 돌변했는가? 자신들의 입맛에 맞는 검찰, 권력의 하수인이 되는 검찰이 되기를 원했는가? 조국은 누구인가? 그가 아무리 현 정권의 중요한 인물이라 할지라도 비리와 범죄혐의를 받는 종합비리세트라는 말까지 나온다. 그렇다면 한 점 의혹 없이 조사해서 밝히도록 검찰에 주문하는 게 상식이고 여당의 자세 아닌가? 이해찬 대표는 이제 조국 조사를 중단해야 한다고 검찰을 압박하고 있다. 상식 이하의 발언을 여당대표가 하면서도 부끄러움을 모른다. 국민이 원하는 것은 큰 것이 아니다. 상식선에서 생각하고 행동해 달라는 것이다. 그것은 양심과 법의 원칙이다. 여당이나 대통령이나 조국사퇴 후 가장 먼저 해야 할 일은 대국민 사과여야 했다. 그런데도 아직 후안무치함의 극치를 보여주고 있다. 국민은 알고 있다. 편향된 일부 좌파들을 제외하고 일반적 국민은 그럴수록 여당과 대통령으로부터 등을 돌리게 될 것이다."

칼빈(Calvin)이라면 가만히 있었을 대목이다. 그렇다고 기독교도로서 사회정의에 대해서 무관심으로 일관해야 할 것인가! 오늘날 수많은 이슈를 낳고 있는 정치문제 등 사회적 물음에 대해서 기독교도들은 어떤 답안지라도 가지고 있어야 할 것이 아닌가! 그러나 여전히 한계점은 "국가지도자는 하나님이 주신 것이다(단4:25, 사10:5~6, 벧전2:13,14)." 라는 불문율이다. 여기서 간과해서는 안 될 것은 그러함에도 불구하고 칼빈은 중앙집권적인 권력을 경계하였고, 한 가지의 정치형태에 집착하는 것 또한 경계해야 한다는 언급이었다.

지난 몇 달 동안 유튜브에 정신없이 흠뻑 빠져 있던 것을 상기하면서 제일 기억에 남는 대목은 다음과 같은 말이었음을 부연해 둔다. "모른다. 몰랐다. 이번에 알았다. 아버지에게 물어봐야 한다." 그래서 새로 생긴 신조어가 '조오국스럽다'란다. 우리 주님께서 가장 싫어하시고 분노하게 하신 죄는 속과 겉이 다른 바리새인들의 외식! 정치, 경제, 문화, 종교, 사회 등, "조오국스럽다."가 없는 나라가 되기를 위하여 기도드린다.

무엇 때문에 사는 인생인가?

　　내 친구 중에 회의론자와 같은 사람이 있었다. "무엇 때문에 사는 인생인가?" 만날 때마다 그랬다. 그런 말을 자주 해서 탐탁지가 않았는데 요즈음 와서 그 친구의 말 속에 진리가 있었음을 깨닫게 되었고, 일이 잘 안 풀리는 등 가슴이 답답할 때 나도 그 말을 자주 인용하게 되어서 그 친구 생각을 더 하게 된다. 그 친구의 말을 잘 헤아려 보면, 그 친구가 인생에 대해서, 특히 삶의 목적과 활동에 대해서 심사숙고하고 있었다는 것을 알 수 있는데, 결코 간과해서는 안 될 말이었음을 상기하게 된다.

　그 친구는 아들 하나만 낳고 남편과 사별한 후 혼자 살고 있던 청상과부였다. 삶이 외롭고 벅찼을 것이고, 그래서 자조적인 말을 쏟아놓았는지는 몰라도 결국은 재혼해서 잘 살고 있는 것으로 보아 "무엇 때문에 사는 인생인지?"에 대한 나름대로 답을 찾았다고 생각하게 된다.

　무엇 때문에 사는 인생인가? 신앙인으로서는 웨스트민스터 소요리 문답에 답이 나와 있으니 더 거론할 필요도 없다. 즉 "인간의 제일 되는 목적은 하나님을 영화롭게 하며, 영원히 그를 즐거워하는 것이다."이다. 그러나 생활인으로서는 그 신앙고백에 대해서 고민을 하게 된다. 생활 일체가 하나님께 영광을 돌리는 삶이 아니라 자기의 안일만을 추구하면서 사는 면면이었기 때문이다. 그래서 무엇 때문에 사는가 하는 인생에 대한 물음은 비신앙적인 물음이 된다. 아리스토텔레스의 '형이상학' 첫 문장의 말을 빌린다면, 인생의 활동과 목적에 대해서 "모든 인간은 천성적으로 알고 싶어 하기" 때문이라고 한다. 자기가 하는 활동이 대체 어떠한 것인가? 무엇 때문에 그 활동을 하고 있는가? 그 활동이 어떤 가치를 가지고 있으며, 또는 증진시켜 주는가? 그 활동이 어느 정도의 타스스로 살 수 있는가 하는 것을 알고 싶어 하는 것이다. 그러나 탐색의 결과는 언제나 탐탁지 않았고 불만스러움이 가득한 인생임에 "왜? 왜? 왜?"를 연발하게 된다.

철학은 "왜?"로부터 시작된다고 한다. 인간답게 살려고 하였고, 모든 일에 최선을 다했음에도 불구하고 "왜?"에 대한 회답을 찾지 못하면 회의론자가 되기 일쑤인 것이니, 나는 회의한다. 나는 회의하는 나를 회의한다. 나는 회의하는 나를 회의하는 나를 회의한다가 되는 것이다.

여기서 무엇 때문에 사는 인생이냐는 질문은 어떻게 살아야 하는가로 직결되는 문제다. 이는 인생독본에나 나오는 극히 초보적인 질문이지만, 사실은 이것보다 더 심오한 질문은 없다. 이 질문에 대한 답은 목적격에 가져다 붙여야 답이 나온다. 즉, "군군신신부부자자(君君臣臣父父子子), 임금은 임금답게, 신하는 신하답게, 부모는 부모답게, 자식은 자식답게 살아야 하느니라." 이는 공자가 한 말이다. 나의 모교인 대한신학교 설립하여 수많은 목회자를 길러낸 김치선 목사는 신학생들에게 "2만8천여 동네에 가서 우물을 파라!"라고 하였는데, 이는 전국 방방곡곡에 다니면서 복음을 전하고 교회를 세우면서 살라는 말이었고, 오늘날 대한신학교를 사학 명문인 안양대학교로 육성시킨 김영실 장로는

"한구석을 밝혀라!"라고 하였는데, 이는 자기가 맡은 일에 최선을 다하면서 살라는 교훈이었다.

셰익스피어(William Shakespeare)는 그의 대표작 '햄릿'에서 "죽을 것이냐 살아야 할 것이냐 그것이 문제로다(To be or not to be, that is the question)."라고 하였고, 성웅 이순신은 명량해전에 임하여 "죽고자 하면 살고 살고자 하면 죽는다(死卽生 生卽死)."라고 말하였으니, 이 모든 말의 맥락은 무엇 때문에, 어떻게 살아야 하는가에 대한 답이 되는 셈이다.

"무엇 때문에 사는 인생인가?" 내 친구가 그런 말을 하고 다녔을 때는 그녀에게 무슨 심오한 철학이 있어서가 아니었다. 치열하게 살다 보니 최소한 인생에 대해서 한 번은 의심을 품어봐야 한다는 철학적인 질문을 자연스럽게 하면서 살게 된 것이었고, "나는 생각한다. 고로 나는 존재한다(I think Therefore I am.)."라고 말한 데카르트(Rene Descartes) 또한 정신적 물질적 삶의 치열한 현장에서 길어 올린 명언이 아니었던가 싶다. 따라서 자기 존재를 극대화하기 위해서는 목적이 있어야 하고, 그런 목적격 지향의 삶이야말로 그것이 인간을 인간답게 살게 하는 방편이 된다는 생각이다. 문제는 목적을 어디에 두어야 하냐이다.

교회에서 청년들이 모이면 이런 문제를 놓고 토론한 적이 있었다. "먹고 살기 위해 산다!" 또는 "죽지 못해서 산다! "등등, 별별 치기 어린 말이 쏟아져 나왔지만, 분명한 명제는 우리가 세상에서 살고 있지만, 하늘에 속한 삶을 살아야 한다는 결론이었다(빌립보3:17~21).

바느질 이야기

－바늘, 실, 골무, 자, 가위, 인두, 다리미

모처럼 바느질을 하게 되었다. 기성복 시대에 있어서 잊혀가고 있는 것이 바로 바느질인데, 오늘은 용케도 바늘을 들게 되었다. 루스탄 쇼핑센터에서 사온 티셔츠에 실밥이 하얗게 보여서 이를 커버하고자 하는 마음으로 하게 되었다. 그렇다고 해서 옛날처럼 무슨 천을 재단해서 옷을 만드는 본격적인 바느질은 아니었고, 단추를 다시 달아 꿰매는 단순 바느질이었다. 그런데도 한참이나 걸렸다. 바늘에 실을 꿰는 것도 쉽지 않았고 단추를 다는대도 손가락을 몇 번 찌른 다음에야 달 수 있었다. 그동안 여자로서 마땅히 해야 할 일을 하지 않고 지낸 것 같은 생각에 머쓱해지는 마음이었다.

바느질 하려니 불현듯 엄마 생각이 났다. 거의 매일 바느질을 하고 계시던 모습이었다. 새로 옷을 만드시든가 해진 옷을 꿰매주시든가 하면서 우리를 키우던 엄마! 1940년대의 엄마들은 다 그랬다는 생각이다. 양복점이나 양장점이 없던 때라 우리가 입고 다니던 옷들은 저고리나 치마, 심지어는 아빠가 입고 다니시던 베잠방이까지도 대부분이 다 엄마가 재단하고 꿰매서 만들어 주신 옷들이었다. 한복을 입고 다니실 때는 풀을 먹이고 다리미로 다려서 걸으실 때마다 부스럭거리면서 다니신

아스라한 아빠의 기억이다.

엄마에게는 바느질을 위한 엄마만의 서랍이 있었다. 장롱 안의 서랍이었다. 서랍을 열면 반짇고리가 먼저 눈에 띄었고, 명주 비단이 두서너 장 개켜 있었다. 그 아래쪽에는 마분지로 만든 크고 작은 본(本/型紙)이 여러 장 보관되어 있었는데, 남방셔츠, 바지, 저고리, 심지어는 보선을 본뜬 것까지 있었다. 처음 보았을 때는 그것이 무엇인가 하였다.

그러던 어느 날이었다. 새해가 가까운 때였던지, 엄마가 저고리를 만들어 주셨다. 1) 천을 펴 놓는다. 2) 자로 측량하고 3) 가위로 재단한 다음 4) 바늘에 5) 실을 꿰었고 6) 골무를 낀 다음 7) 바느질이다. 8) 옷깃은 인두로 9) 옷은 다리미로 다려서 끝을 맺었다. 바느질이 복잡다단한 것 같았지만, 그 과정이 일사불란하여 신기(神技)가 따로 없었다. 어떤 때는 색동저고리를 만들어 주시기도 하셨는데, 한 치의 오차도 용납되지 않는 정교함과 섬세한 바느질을 생각하면 달인이 아니었다면 만들어 낼 수 없는 색동저고리였다는 생각이다.

바느질에는 우리에게 주는 큰 교훈이 있었다. 각자 자기 본분에 충실해야 한다는 것과 협동으로 일해야 한다는 정신이다. 바늘, 실, 자, 가위, 골무, 인두, 다리미 등, 바느질에서는 어느 한 가지라도 쓸모가 없는 것은 한 가지도 없으니 필수불가결이란 바로 이를 두고 한 말이 된다. 그것들이 서로 제 잘났다고 다툼질을 하면서 협조하지 않는다면 대소간에 어떤 것 한 가지라도 열매를 맺을 수 없다는 진리가 함축된 것이고, 성공으로 가는 길은 더불어서 가는 길이라는 교훈을 주는 것이 바로 바느질이 아닌가 한다.

바늘, 실, 자, 가위, 골무, 인두, 다리미 등을 의인화하여 다툼질을 묘사한 글에 규중칠우쟁공기(閨中七友爭功記)라는 글이 있다. 시작은 자(尺)라는 사람이 먼저 자기 자랑을 하는 것으로 시작된다. '자(尺)' 씨 왈, "명주 비단인들 남녀 옷을 마련할 새 나 곧 아니면 치수를 어찌 알 수 있으리오." 자랑한다. '가위' 씨 왈, "그대 아무리 마련을 잘한들 베어 내지 아니하면 모양 제도가 되겠냐."라고 반격을 하고, '바늘' 씨 왈, "진주 열 그릇이라도 꿴 후에 구슬이다. 짧은 솔 긴 옷을 이룸이 나의 날래고 빠름이 아니면 잘게 뜨며 굵게 박아 마음대로 하리오."라고 하면서 '자' 씨와 '가위' 씨를 공격한다. 이에 청홍 '실' 씨 얼굴이 붉으락푸르락하여 왈, "바늘아, 네 공이 내 공이다. 내 아니면 네 어찌 성공하리오." 힐난하고, 이에 '골무' 씨 왈, '평생 바늘을 따라다니면서 사는 '실' 씨를 꾸짖은 다음에 "나는 매양 바늘의 귀에 찔리었으되 낯가죽이 두꺼워 견딜만하고 아무 말도 아니 하노라." 겸손이 말하였고, '인두' 씨 왈, "그대들은 다투지 말라. 나도 잠깐 공을 말하리라. 들락날락 바르지 못한 것과 혼솔이 나 곧 아니면 어찌 풀로 붙인 듯이 고우리오." 슬쩍 끼어드니, 이에 '다리미' 씨 크나큰 입을 벌리고 이로되 "인두야, 너와 나는 소임이 같다. 그러나 인두는 침선뿐이라. 나는 천만 가지 의복에 아니 참여하는 곳이 없고 나의 손바닥 한 번 스치면 제도와 모양이 고와지고, 나 곧 아니면 어찌 고우며 세상 남녀 어찌 반반한 옷을 입으리오."라고 하면서 끝을 맺는다. 이는 모두 규중(閨中) 부인들의 바느질 손에서 떨어지지 않는 일곱 가지의 것을 의인화하여 인간 세정을 풍자한 흥미롭고 우화적인 내용이다.

내 나이 어느덧 70줄, 엄마가 해주셨던 옷을 입으면서 느꼈던 따스함과 함께, 이는 내가 모처럼 바느질을 하면서 느낀 감회와 소회이다.

노래의 날개를 타고 첫날 벽두로부터의 출발

한적한 새해 벽두다.

컴퓨터를 켜놓고 모차르트를 듣는다. 감미롭고, 그러나 미지의 공간에서 몸부림치고 있는 듯한 격정적인 멜로디다.

산이란 산은 모두 오르세요.

높고 낮은 골짜기 모두

샛길이 보이면 들어서고

길이 나타나면 따라가세요.

산이란 산은 모두 오르세요.

개울이란 개울은 다 건너세요.

무지개가 보이면 뒤돌아가세요.

자신의 꿈을 찾을 때까지

혼신의 사랑을 바칠 수 있는, 그런 기쁨!

모든 산을 오르고, 모든 개울을 건너고

모든 무지개를 뒤쫓으세요.

자신의 꿈을 찾을 때까지.

감격스러웠다고 해야 할까? 무심코 열어본 모차르트인데 새해의 포

부와 각오를 새롭게 해주는 활기찬 노래일 줄이야! 한적한 새해 벽두, 그 노래를 듣고 있으려니 모차르트가 나의 앞길을 진작시켜 주는듯했다. 그러는 가운데, 비몽사몽 간이었다고 할까? 나는 노래의 날개를 타고 모차르트의 숨결이 살아 숨 쉬고 있는 잘츠부르크까지 단숨에 달려갈 수 있었으니….

수 삼 년 전의 일이었다. 나는 잘츠부르크의 그 유명한 게트라이데(Getreidegasse) 거리를 걷고 있었다. 복잡하게 얽힌 이 거리는 여러 개의 골목이 중첩된 길이었고 중간중간이 성문처럼 된 통로로 연결되어 있었기에 마치 동화 속을 걷고 있는 느낌이었다. 신기한 것은 그 거리의 각 상점에 부착된 간판까지도 모두가 철제무늬로 제작된 예술적인 작품이기에 방문자의 발걸음을 자주 멈추게 한다는 것이었다. 그런 고풍스럽고 예술적인 거리는 백화점, 서점, 카페가 늘어서 있어 과거와 현재가 공존하고 있는 모습이기도 했다.

골목길을 이리저리 다니다가 어느 고풍스러운 카페에 앉아 커피 한 잔을 주문해 먹는다. 잊을 수 없는 흘러간 옛날의 추억이다. 이 거리에서 모차르트 생가까지는 불과 2분의 거리에 있었다. 뻥 뚫려 있는 거리는 한적하기 그지없어서 의혹이었지만 방문객은 거의 모두 인근에 산재해 있는 미라벨 궁전과 정원, 언덕 위에 높이 서 있는 호엔 잘츠부르크 성(城) 등등, 유명 고적지로 열심히 달려간 모양이었다.

모차르트 생가는 길가에 있어서 쉽게 찾아볼 수 있었다. 연립처럼 되어 있는 이층집이었는데 나무로 된 출입구 위에 모차르트 생가(Mozart Residence)라는 표지판이 붙어 있었고, 이 층 창문 옆에는 오스트리아기가 게양되어 펄럭이고 있었다. 생각보다는 별로 특별할 것도 없는 생가의 모습이었다. 생가 앞 길바닥에 앉아서 모차르트 상을 그리는 화가와 아름다운 선율을 들려주는 거리의 악사들이 고즈넉한 분위를 자아내고 있었다 함이 특색이라면 특색인 풍경이었다.

모차르트 생가 앞에서 사진 한 장을 찍은 후에 나는 일행에 뒤처질세라 발걸음을 급히 하였다. 우리가 달려간 곳은 볼프강 호숫가였다. 유람선을 타기 위해서였다. 볼프강 호수는 정확히 말하면 모차르트의 이름인 볼프강 아마데우스(Wolfgang Amadeus) 호수다. 그러나 나는 유람선을 타지 않았다. 유람선을 타고 풍광이 뛰어난 할슈타트라로 간다고 승객들은 모두 흥분하고 있었지만, 나는 그저 아름다운 풍경이 그림처럼 펼쳐져 있는 볼프강 호숫가에 앉아서 모차르트의 체취를 맡으면서 나만의 시간을 갖고 싶었을 뿐이었다.

백조가 노니는 호숫가에는 모차르트의 누나 나넬 모차르트(Nanel Mozart)가 살던 집이 있었다. 그녀 역시 음악적 재능이 뛰어났지만, 동생 볼프강 모차르트의 그늘에 가려서 빛을 못 본 사람이기도 하다. 영화 '아마데우스'에서는 모차르트 때문에 빛을 못 본 살리에리라는 음악가 한 명이 나오는데, 그녀가 바로 혜성처럼 나타난 음악천재 모차르트로 인해 자신의 음악적 실력에 대한 우울함, 그리고 인기가 추락함에 실망한 모습을 보이는 모차르트의 누나 마리아 안나 발부르가 이그나티아 모차르트(Maria Anna Walburga Ignatia Mozt)인 것이다.

노래는 반복적으로 계속되고 있었다. 노래를 계속 듣고 있으려니 다시 가보고 싶은 모차르트의 고향 잘츠부르크다. 그리고 가사의 내용과 같이 내 앞에 놓인 산이란 산은 모두 오르고 강이란 강은 모두 건널 각오를 또다시 새롭게 해보게 된다. 비록 몸은 피폐해졌지만!

구순 노모의 꿈

　　시이모의 부음을 받고 가슴이 아렸다. 오랫동안 병석에 누워 계셨기에 준비는 하고 있었지만, 우리가 외국에 있는 사이에 유명을 달리하실 줄이야! 소식 듣자마자 만사 제쳐놓고 귀국해야 할 처지지만 마침 선교팀을 인솔하고 섬 사역을 하고 있었기에 당장은 귀국할 수 없는 형편이었다. 그래서 인터넷으로 조의금을 얼마 보내드리는 것으로 조의를 대신하였다.

　　남편이 한숨 섞인 소리로 말했다. "이모님이 돌아가셨으니 이제는 내 차례로구나!" 가슴이 뜨끔해지는 말이었다. 생각해 보니 우리도 순서상 그렇게 되어 버린 것을 깨닫지 않을 수 없었다. 시이모 다음으로는 형제 중에 우리가 제일 연장자였기 때문이다. 그런 남편과 시이모는 불과 11년의 연령차였다. 그러나 이모를 엄마와 같이 섬기던 남편이었고 시이모 또한 남편을 아들같이 사랑하였으니 아기 때부터 기저귀를 갈아주었고, 엎고 다녔고, 유치원에 다닐 때는 보호자로, 초등학교에 다닐 때는 엄마 자격으로 운동경기에 출전하여 달기도 하였다고 한다.

　　별세하기 며칠 전에 4촌 시누이들이 이렇게 말했다고 한다. "엄마, 오빠가 보고 싶지? 오빠를 불러줄까?" 그러나 이모는 가타부타 아무 말도 하지 않았다고 한다. 보고 싶었을 것이다. 그러나 친정조카가 목사가 되어 필리핀에서 전도 일을 하고 있는데 어찌 불러달라고 할 수 있으셨을까? 다만 입을 열고 속삭이듯이 하신 말씀은 "나 죽기 싫어!" 그 말 뿐이었다고 한다.

시이모님은 올해에 93세 노모였다. 고향이 이북이었고, 6.25사변 때 피난 나온 피난민이었다. 슬하에 4남 4녀를 두었으나 살림을 꾸미면서 홀로 산지도 30여 년이다. 언젠가 요양원을 찾았을 때 뵌 모습이지만, 누워 계신 침상이 북쪽으로 놓여 있어서 참 잘 되었다고 생각하였는데, 그래서 쾌차하셔서 고향 땅 같이 가자고 위로하였었는데 "나 죽기 싫어!" 그렇게 말씀하셨음은 그것이 생명에 대한 애착이 아니라 죽기 전에 고향에 한번 가보고 싶다고 하는 피맺힌 절규였음을 이제야 깨닫게 된다.

은근히 부아가 났다. 도대체 문재인 정부는 무엇을 하고 있는가 해서였다. 통일부가 운영하는 이산가족 정보통합시스템에 따르면, 1988년부터 지난해 말까지 등록된 한국 측 이산가족 상봉신청자는 모두 12만 9천여 명이었다. 이 가운데 지난해에만 3천841 명이 사망한 것으로 집계되었다. 이로써 전체 신청자의 45%에 이르는 5만7천7백여 명이 세상을 떴고 남은 생존자는 7만1천여 명이다.

한국전쟁이 끝난 지 60년이 넘게 지났기 때문에 이산가족들의 고령화도 빠르게 진행되면서 이들 신청자 가운데 70살 이상의 비율은 이미 80%를 넘어서게 되었다. 그러함에도 불구하고 문재인 정부는 이산가족 상봉에 대한 것은 손을 놓고 있다. 한 민간 연구기관인 현대경제연구원은 상봉신청자의 사망률과 평균수명을 고려할 때 생존자 가운데 70살 이상은 앞으로 10년 이내에 사망하고 20년에서 24년 후면 모두

숨질 것으로 전망하고 있었다.

남편이 한숨 섞인 소리로 말했다. "에이고, 죽기 전에 고향에는 한 번 갈 수 있으려나?" 이북에서 피난 나올 때 부모를 따라 나온 남편이었다. 그런 남편도 어느덧 80줄이다. 이모님의 별세소식에 충격을 받았던가! 그 전에는 그런 말을 한 번도 하지 않았다. 이제 당신 차례가 되었다고 생각해서 그러신가! 죽기 전 고향에 한번 가고 싶다니! 남편의 호(號)가 북촌(北村)임을 생각할 때 내가 왜 그런 생각을 진즉 하지 못했을까, 조금이라도 위로해 드렸을 것을 하는 미안한 마음이었다.

내가 최씨 집안으로 시집을 올 때는 이북에서 피난 나온 친인척 어르신들이 모두 생존해 계셨다. 시부모는 물론, 시숙부 내외, 시이모 내외, 시 삼촌 내외 등등, 내 주위에는 이북사람들이 너무나 많았는데, 그러나 지금은 이모님이 별세하심으로 하여 이북에서 피난 나온 어르신은 한 사람도 없게 되었고, 그 후손으로는 남편 최정인과 시누이 최정희만 남게 되었다. 주여!

푸른 잔디 꽃 언덕 나 홀로 올라
줄로 선 구름을 북으로 보면
허리 펴 고향 땅 달려가고파.

－최정인 동시/고향 생각 1절

"하나님이 가라사대 말세에 내가 내 영으로 모든 육체에 부어 주리니 너희 자녀들은 예언할 것이요 너희의 젊은이들은 환상을 보고 너희의 늙은이들은 꿈을 꾸리라(사도행전 2:17)."

코로나바이러스

         코로나바이러스(Corona Virus)가 세계를 공포의 도가니로 몰아넣고 있다. 신종이라서 치료약도 없다고 한다. 신종 전염병이기 때문이다. 그래서 문득 떠오른 속담이 "염병에 땀을 못 내고 죽을 놈!"이다. 이는 코로나바이러스에 걸려서 고생하고 있는 사람들을 향해서가 아니고 그와 같은 바이러스를 매일 매시간 퍼뜨리고 있는 코로나바이러스를 향해 퍼붓는 저주이다. 이는 더 험한 꼴 당하지 말고 빨리 알아서 물러나 주기를 바라는 간절한 마음이기도 하다.

    신종 코로나 바이러스가 발생한 것은 중국 우한에서부터였다. 집단으로 발생하였고, 그것이 전 세계로 퍼져서 제2, 제3, 제4의 감염자를 낳고 있는 엄중함이다. 이에 따른 각국의 대응책은 국경을 봉쇄한다거나 우한에 거주하고 있는 자국민을 철수시킨다든가, 감염된 사람은 격리하여서 치료하고 있는 것 등등의 대책인데, 그러함에도 불구하고 전염의 속도가 너무나 빠르고 광대하여서 13~14세기에 중세유럽을 휩쓸었던 흑사병의 참상이 재현되는 것이 아닌가 하는 공포가 중첩되고 있음을 시인하지 않을 수 없다.

    1347~1351까지 대유행한 흑사병은 중세유럽 인구의 3분의 1에 해당하는 2,500만 명에서 4,000만 명에 이르는 사람들의 목숨을 앗아갔다. 지금도 유럽을 여행하다 보면 그때의 공포와 참상을 떠올리게 하

는 페스트(흑사병) 퇴치기념탑을 심심치 않게 발견하게 되는데, 당시의 흑사병이 얼마나 극심하였으면 그런 퇴치기념탑까지 세워놓았을까 한다. 페스트 퇴치기념탑 중의 걸작은 오스트리아 비엔나 중심지 스테판 광장에 있는 황금탑이다. 이 탑은 1679년에 황제 레오필트 1세가 세운 페스트 퇴치기념탑으로 인구의 절반을 앗아간 페스트가 사라지자 하나님에게 감사하는 의미로 세워졌다고 한다. 그 외 헝가리에는 부다페스트 어부의 요새 광장에 페스트 퇴치기념탑이 있었고, 체코에는 1715년에 세워진 페스트 퇴치기념탑이 있었는데 이는 오스트리아에 있는 기념탑보다 무료 50여 년 전에 세워진 탑이었다. 그렇게 페스트 퇴치기념탑은 도시든 마을이든 할 것 없이 광장이 있는 곳에는 어디나 페스트 퇴치기념탑이 고색창연하게 서 있음을 발견하게 되는 것이다.

현금(現今)은 흑사병 퇴치 이후 그동안 숨죽이고 있던 바이러스들이 창궐하고 있는 절박한 시대다. 21세기에 들어와서 바이러스들이 왜 갑자기 되살아나서 세계 곳곳에서 극성을 부리고 있는지 알 수는 없지만, 대표적인 바이러스는 사스 바이러스와 메르스 바이러스였다. 흑사병(Plague)은 중국 남부지역, 현재의 윈난성 지역에서 발생했고, 사스(Sars)는 2003년 1월 중국 광풍성에서 발생했으나 사람에게는 1960년대 감기 환자 시료를 조사하던 중에 처음 등장하였다. 메르스(Mers)는 2012년 6월 사우디아라비아에서 발생하였고, 코로나(Corona)는 1937년 호흡기 질환을 앓고 있던 닭에서 처음 발견된 후 2019년 12월 12일 중국 우한에서 첫 감염자가 발생하였다. 공통적인 것은 이 모든 바이러스는 가금류나 동물을 매개로 전이된다는 것이고 감염 증세는 발

열, 기침, 인후통 등 호흡기를 침범해서 발병한다는 사실이었다.

그렇다면 그들 바이러스는 인류사회에 언제부터 침투해 있었던 것일까? 흑사병 발병 이후 현재까지의 연대만 해도 600여 년이니 줄잡아도 600년은 되었을 것이 아닌가! 이는 그동안 각종 바이러스가 사람들과 수백 년 동안 더불어 살아왔음을 방증하는 수치이기도 하니 바이러스야말로 여러 세대를 거치면서 인류와 같이 공존해온 천적이로되 친구나 다름없는 존재였음을 실감하지 않을 수 없게 한다.

바이러스에 관한 가장 오래된 기록으로는 구약성경에 기재되어 있는 바와 같은데, 곧 "내가 이같이 너희에게 행하리니 곧 내가 너희에게 놀라운 재앙을 내려 폐병과 열병으로 눈이 어둡고 생명이 쇠약하게 할 것이요(레위기 26:16)."라고 함에서 찾아볼 수 있었고, 염병에 관해서는 음행과 연관하여 "그 염병으로 죽은 자가 2만 4천이었더라(민수기 25:9)."에서 찾아볼 수 있었다. 레위기와 민수기는 B.C. 1446~1406 사이의 기록된 것임을 고려할 때 바이러스와 염병이 세상에 처음으로 나타난 것은 기록상 3,400여 년 전의 이야기가 된다.

여기서 간과해서는 안 될 점은 고대 바이러스와 염병의 출현은 패악한 시대에 대한 심판의 도구로서 하나님이 친히 사용했다는 기록이다. 그러므로 바이러스나 염병이 창궐할 때는 누구나 경각심을 갖지 않으면 안 된다. 인류의 죄악에 대해서와 사회악에 대해서 회개하고 하나님 앞에 나아가 자비를 구하는 것이 순서일 것이다. 인간의 하잘것없는 방법과 수단으로 어떻게 신이 내린 재앙의 바이러스와 염병을 퇴치할 수 있을 것인가! 심대하게 우려되는 현실이 아닐 수 없다.

데드라인 마스크

코로나 19, 가히 세계적인 재난상태라고 하겠다. 이런 경우가 언제 있었는가를 살펴보니 13세기에 발생하여 숱한 생명을 앗아간 중세유럽의 흑사병 이래 역대 최고급인 위기상황이라는 진단이다. 직접적으로는 시시각각으로 죄어오는 개별적인 생명의 위험이요, 간접적으로는 바이러스 감염에 대한 공포로 야기되고 있는 인적교류의 전반적인 붕괴현상이다. 학교에는 학생들이 없고 시장에는 손님들이 없다. 인적이 끊어진 텅 빈 거리에는 차가운 바람만이 휘휘 휘돌고 있는 삭막함이다.

코로나에 감염된 사람이 통과한 곳은 동선을 따라 그곳이 병원이든 어디든 문을 닫아야 했고, 감염자와 접촉한 사람은 적어도 14일까지는 자가 격리를 해야 한다. 자고 일어나면 하룻밤에도 몇 동씩 솟아나고 있는 감염병동이다. 그런 가운데서 생명을 저당 잡힌 채 사투를 벌이고 있는 의료인들을 보게 될 때 감동이 앞서지만, 말세지말(末世之末) 같은 코로나 19(코로나바이러스 감염증)의 준동이 아닐 수 없다.

내 경우는 선교지를 떠나온 것이 죄였던가! 업무차 한국에 들어왔다가 막다른 코로나 19의 광풍이다. 나 개인에 대한 죄과와 세기말적인 세태에 대해서 저절로 회개하는 기도를 드리게 된다. 다행히 대구 경북을 제외한 지역의 사람들은 입국제한조치에 해당되지 않는다고 하니 안양에 거주지를 둔 나로서는 안도의 한숨을 쉬게 되지만, 그러함에도 불구하고 집안에서 문을 닫아걸고 솔선하여 자가 격리를 한다. 혹시 모른 감염으로 남에게 피해를 주지 않기 위해서이다.

언제쯤 변곡점을 찍을 것인지? 거리에 나가기가 싫어지고 사람들 만나는 것도 피하게 된다. 건강염려증이요, 나만은 살아야겠다는 이기적인 인간이 되어버린 느낌이다. 이타적으로 살아야 하는 것이 나의 본분인데…. 며칠 전에는 내 집안일로 이런 일도 있었다. 그것은 남편이 마스크 몇 개를 구해보려고 밖에 나갔다가 돌아왔을 때의 일이다. 날씨가 추웠던지 집에 들어오면서 재채기를 거듭하였다. 그런 때 내가 한 말은 "저리 가요!"라고 한 외침이었다. 가정의 건강을 지키려고 마스크를 찾아 헤매다가 돌아온 남편에게 경망스러운 말을 어처구니없게도 그렇게 내뱉었다. 내 생명은 내가 지켜야 한다는 그런 생각을 무의식중에 가지고 있었던 모양이다. 얼마나 섭섭하였을까를 생각하니 부끄러운 마음이다.

글로벌 총력전을 마련하고 있는 요즈음의 당면문제는 마스크 대란이다. 외출할 때마다 하루에 한 장씩 써야 하는데 태부족 상태인 현실이다. 매일의 활동인구가 평균 2,700만 명이라는데, 마스크 생산량이 하루에 660만 장이라고 한다. 전체 130여 개 공장에서 풀가동으로 돌려도 고작 1천만 개가 한계라고 하니 난리가 아닐 수 없다. 이에 대해 문재인 대통령이 직접 나서서 해명 겸 사과를 했다. 재난의 근본원인과 확산에 대해서는 언급할 사항이 아니라는 듯이 사과는 태부족을 겪고 있는 마스크 부족분에 대한 것이었다. 곧 문제를 해결하겠다는 취지였다. 아닌 게 아니라 그로부터 며칠 후에는 기재부 제1차관이 나서서 마스크 수급에 대한 해결책을 제시하였다. 해결책의 요지는 배급제였다. 5부제로, 전국 약국이나 우체국에서 판매하고, 1주일에 1인 2장씩이란다. 늦어도 한참 늦은 처방이었지만 그나마 얼마나 다행한 대책인가!

새로 제작해서 배부하게 되는 마스크는 두말할 것도 없이 보건용 마스크다. 보건용 마스크는 면 마스크와는 달리 MB (Melt Blown) 필터를 장착한 마스크다. 그러므로 마스크 수급을 원활하게 하기 위해서는 MB 필터 생산을 병행해야만 한다. 얼마 전까지만 해도 방진용 황사마스크를 쓰고 다닌 우리였기에 세균용 MB 필터 마스크가 생소하기는 하지만, 이를 잘 쓰고 다니면 이번의 위기를 잘 넘기게 되리라는 설명까지 하였다.

겨울에는 보온마스크를 쓰고, 황사가 심할 때는 방진마스크를 쓰고, 바이러스가 성행할 때는 보건마스크를 쓰고… 언제부터인가 마스크는 우리 생활의 주요 필수품이 되어 버린 현실이다. 때와 장소에 따라 잘 쓰고 다니면 100세 시대를 충분히 넘기면서 살 수 있겠다는 셈법이다. 고대 그리스인이 쓰고 다녔다는 스펀지 마스크, 고대 로마 시대에 쓰고 다녔다는 동물 방광 마스크, 19세기에 들어와서 나타난 소방마스크, 제1차 세계대전 때 화학무기에 대한 방어를 위한 글리세린 필터가 부착된 방진과 방독마스크 등등, 마스크는 고대로부터 시작되었으나 본격적으로는 제1차 세계대전 때 군에서 처음 사용된 이후로 보급형 마스크가 생겼다고 한다. 이는 모두가 다 생존을 위해 없어서는 안 될 시대별 필수품이었다는 사실을 새삼스럽게 깨닫게 한다. 따라서 코로나 19 마스크는 우리 여생을 지켜주는 데드라인 마스크인 셈이다.

'인생 칠십 고래희(人生七十古來稀)'에 정신과 몸뚱이가 서서히 닳아서 없어지고 하는 이런 증세야말로 얼마나 크고도 값진 축복인가 하였다.

2부

생명학 개론

나의 길, 하늘의 길

비행기가 구름을 뚫고 니노이 아퀴나오 공항을 향해 쏜살같이 내리꽂히고 있었다. 창문 덮개가 열려 있었으므로 창밖의 정황이 시시각각으로 클로즈업되었다. 나는 창문에 바짝 이마를 맞대고 눈빛을 빛내며 밖을 내다보고 있었다. 숲이 스치듯이 지나갔다. 광활한 대지에 펼쳐진 숲은 그곳이 바로 마닐라를 품고 있는 녹지대임을 직감케 하였다. 숲의 도시 마닐라! 그래서 꽃의 도시라고 했던가! 숲 속에는 울긋불긋 각양각색의 집들이 깨알같이 쏟아지면서 박혀 있었다. 별천지가 아닐 수 없었다. 일견하면 마닐라의 풍광이 그렇게 보인다는 것이다.

비행기는 내릴듯하다가 다시 솟구쳐 올랐다. 그리고 비행기는 10여 분이나 하늘 공간을 빙 돌기만 하더니 바다 쪽으로 쭉 빠져나갔다. 착륙허가가 안 떨어진 모양이었다. 이번에는 넓은 숲 대신 푸른 바다가 확 다가와 안겼다. 피시 판이 점점이 박혀 있는 꽤 넓은 마닐라 베이의 바다 풍경이었다.

달포만의 일이었다. 총회에 참석했다가 추석을 지냈고, 친지를 만나는 등 게으름을 피우다가 이제야 겨우 귀환하고 있었다. 선교사로 파송 받고 나온 지 30년! 그렇게 나는 1년에 한두 번은 비행기를 타고 한국과 필리핀을 왕복하고 다녔으니 줄잡아도 왕복 30여 차례는 좋이 될 성싶었다.

여기에 불만은 없었다. 새벽에 일어나서 리무진 버스를 타고 인천공항까지 달려가서 출국 절차를 밟은 후 비행기를 타고 사역지를 향해 가고 있었으니 얼마나 큰 축복인가 하였다. 어느 날 팔순이 다 된 4촌 동서가 하던 말이 생각났다. "부러워요. 현장인으로 사는 것보다 더 큰 축복은 없을 것이에요!" 누가 시켜서 한 것은 아니었다. 선교사로 파송을 받을 때 자원하는 마음으로 갔으니 "주님께서 인제 그만 수고를 끝내고 내게 오너라!"라고 할 때까지 최선을 다해야 하는 것이 내 임무가 아니겠는가!

아쉬웠던 것은 한국과 필리핀이라는 두 나라 기온의 차가 너무 커서 헷갈리는 것이 많다는 사실이다. 상하(常夏)의 남국이라고는 하지만 삶의 질을 논함에서 4계절이 뚜렷한 한국만 하겠는가 하였다. 열대성 기후로 최저 24도, 최고 35도, 평균27도 정도이니 그것만 생각해도 숨이 턱턱 막히는 것이다. 때는 마침 오곡이 무르익는 천고마비의 계절이었다. 급히 서두르며 비행기를 타기는 하였지만, 금년도에도 단풍 구경을 못 하게 되었으니 아쉬운 것은 그 하나뿐인가 하였다.

비행기가 다시 기수를 내리면서 공항을 향해 내리꽂히듯 하였다. 아! 드디어 마닐라에 도착하는구나! 나는 안도의 숨을 쉬면서, 2천 미터, 1천 미터, 500미터…. 드르릉거리면서 바퀴가 빠지더니 얼마 안 있어 비행기가 착~ 하고 활주로에 내려앉았다. 스튜어디스의 짤막한 안내방송이 있었다. "비행기가 완전히 설 때까지는 자리에 그대로 앉아 있으세요."라고 하였다. 정숙! 언제나 그러했다. 1만 미터 상공에서 혹시 있을 지도 모를 테러나 고소공포증에 시달렸음인가! 그때마다 떠오르는 것은 이스라엘을 방문했을 때의 일이었다. 비행기가 착~ 하고 텔아비브 항공활주로에 내려앉자 승객들이 약속이나 한 듯 모두가 우렁차게 박수를 쳐대는 것이었다. 고국 땅을 다시 밟는다는 감격과 환희, 그것은 선민 이스라엘이 출애굽 후 40년을 광야에서 방황하다가 가나안 복지를 점령하고 입성했을 때의 그런 감격과 환희의 되새김이 아니었던가 하였다.

나는 비행기가 계류할 때까지 가만히 자리에 앉아 있었다. 그리고는 나름대로 사명을 다짐하면서 나 혼자 가만히 박수를 쳤다. 그리고 독백처럼 이렇게 중얼거렸다. 가나안 복지를 점령하러 왔노라! 저 산골짜기 밀림 속에서 원시인처럼 사는 영혼들에게 복음을 전하려고 또다시 달려왔노라. 주여! 영육 간에 건강을 베풀어 주시옵소서!

은퇴 없는 삶

　　발 빨래를 하였다. 플라스틱 대야에 옷가지를 쌓듯이 넣은 후 가루비누를 쏟아 넣고 발로 밟으니 등허리에 땀이 다 촉촉이 배어났다. 아마도 수백 번은 밟은 것 같았다. 올해 들어서 벌써 여러 개월째이다. 적어도 일주일에 한두 번은 해야 하는 빨래였다. 문제는 빨래는 그렇게 발로 밟아서 잘할 수 있었으나 빨래에서 물을 짜내는 것이 더 땀을 내게 하는 일이었다. 속옷은 쉬웠다. 그러나 겉옷은 천이 두껍고 하여서 아무리 힘을 내어 쥐어짜도 물기가 잘 빠지지 않는 것이 문제였다. 남편을 향해서 신경질적으로 소리를 질러댔다. "자꾸 미루지만 말고 이번에는 세탁기 한 대 꼭 사도록 해요!"

　세탁기가 아예 없던 것은 아니었다. 세탁기가 고장 난 때문이었다. 7년쯤 된 세탁기였다. 7년 전에 아들 내외가 놀러 왔다가 고생을 한다면서 선물로 사놓고 간 세탁기였다. 그런데 어느 날 갑자기 고장이 났다. 기술자를 불러서 수리했으나 물은 안 나오고 헛바퀴만 열심히 돌아가기에 왜 그런가 했더니 기계 수명이 다 되어서 그렇다는 것이었다. 세탁기 전면에는 다음과 같은 문구가 친절하게 부착되어 있었다. 5 YEARS MOTOR WARRANTY. 5년이라? 어허! 필리핀 마닐라 서비스센터에 전화를 걸어서 신고했다. 나오기는커녕, 그것이 벌써 일 년 전의 이야기인 것이다.

빨래를 다 하고 물기도 다 짜내고 커피를 한 잔 끓여 마셨다. 무슨 큰 대단한 일이라도 한 것 같은 뿌듯한 기분이었다. 그러나 한스러운 것은 물기를 짜내고 있던 내 손힘이 옛날 같지 못했다는 점이다. 선교사 30년 차에 나이 들었음을 실감하지 않을 수 없었다. 쉴 때가 되었다는 생각이 절로 났다. 그러나 또 다른 생각으로는 예전보다 힘이 달리기는 하지만 아직은 충분히 더 일할 수 있다는 자신감이었다. 누가 말했던가! "가장 행복한 사람은 현장인으로 사는 사람들이요, 은퇴 없는 삶을 사는 사람들이다."라고.

기계는 보장 기간이 지나면 고장 나기 일쑤고 고장이 나면 수리를 해서 써야 한다. 그렇다면 사람들은 어떠한가. 사람 또한 고장이 나면 수리를 해서 쓰면 되는 것이지만 역시 은퇴할 때면 은퇴해야 하는가를 생각하지 않을 수 없었다. 오늘날을 100세 시대라고 함은 병들면 약을 먹고 연명하면서 계속 살아간다는 말에 다름 아니니, 그럴 바에는 차라리 인생 은퇴하라고 해야 할 것인가? 고장 난 세탁기를 보고 나를 보니 의기소침해지는 마음이다.

수단이 방법이고 방법이 수단인 세상을 사는 우리다. 목적이 있다는 이야기이다. 목적이 있으니 수단과 방법을 행사하면서 사는 인생이다. 언제까지인가 하면 목숨이 끊어질 그때까지이다. 그런 의미에서 보면 인생길이 한없이 고달프다고 하겠으나 목적 없이 무위도식하면서 사는 인생보다야 백 배 천 배 행복한 인생이 되는 것이다. 이를 생각이라도 한 듯 영국의 극작가 컴벌랜드는 말하기를 "녹슬어 망가지는 것보다 닳아 버리는 것이 더 낫다. It is better to wear out then to rust out."라고 하였다. 녹슬어 폐기 처분이 되지 않으려면 언제나 인생길 만 리에 갈고 닦고 조이고 하는 일을 게을리해서는 안 될 줄 믿는다.

머리는 희어지고 얼굴에는 검버섯이 피고 손과 다리에 힘이 빠져서 허덕일 때마다 나는 저런 컴벌랜드의 경구를 가슴 속 깊이 새기곤 한다. '인생 칠십 고래희(人生七十古來稀)'에 정신과 몸뚱이가 서서히 닳아서 없어지고 하는 이런 증세야말로 얼마나 크고도 값진 축복인가 하였다. 일터를 주시고 힘과 능력을 주셔서 은퇴 없는 삶을 살게 하시는 하나님께 오늘도 감사와 찬송과 영광을 돌려드린다.

마닐라의 3대 경관

　　언제부터인가 마닐라의 스카이라인이 크게 변하고 있었다. 보니파시오(Bonifacio City)에 새 도시가 탄생하여 스카이라인이 바뀌더니 요즈음에는 마닐라 베이(Manila Bay)의 광대한 매립지 위에 빌딩들이 우수 죽순처럼 솟아나서 아예 하늘 공간을 가리려는 것 같이 되어 버렸다. "또 솟아오르는구나!" 그런 말이 저절로 나온다. 내용이야 어찌 되었든지 내가 사는 마닐라가 자꾸 발전하고 있는 것 같아서 기뻐지는 마음이다. 그러나 호사다마라고 했던가! 좋은 일이 있으면 나쁜 일도 있는 법!

　　한국이나 어디나 할 것 없이 도시가 번창할수록 스카이라인이 바뀌는 것은 마찬가지 현상이다. 필리핀, 마닐라에도 그랬다. 불과 3~4년 전부터 스카이라인이 부쩍 좁아 든 것이다. 50~60층 되는 거대한 빌딩이 로하스 거리를 따라 연달아 들어서더니 이제는 아예 앞을 막아버렸다. 내 경우 아쉬운 것은 마닐라의 금빛 찬란한 석양을 직접 바라볼 수 없게 되었다는 사실이다. 지금까지는 내가 사는 파사이(Pasay City) 콘도에서 그런 경관을 공짜로 감상할 수 있었는데 빌딩들이 앞을 막아버려서 이제는 완전한 정서파괴 수준이 되어버린 것이다. 빌딩 위쪽에 조금, 그리고 빌딩과 빌딩 사이로 흘러드는 석양을 조금씩 찾아보는 수준이었다. 직사광선으로 푹푹 찌는 것 같은 마닐라, 해가 지고 난 다음에는 선선한 바람까지 몰고 오는 석양은 크나큰 위안이요 축복이었는데 그런 경관을 송두리째 빼앗긴 것 같았고, 그로써 마닐라의 제1 경치가 사라지고 있는 것 같아서 서글퍼지는 마음이기도 했다.

마닐라에는 특별한 자연경관이 없었다. 바다를 끼고 있으나 철새들이 찾아오는 것도 아니고, 그저 바다에 면한 석양이 제 1경관(第一 景觀)이었다면 그 답이 정답이 아닌가 한다. 제2 경관(第二景觀)으로는 그 역시 바다에 면한 것으로 로하스 대로를 산책로로 등재해 봄이 어떻겠는가 한다. 2003년, 마닐라 베이 산책로는 완벽하게 정비되었다. 대형 조명이 밤에도 번쩍번쩍 불을 밝히고 라이브 카페들이 줄을 잇듯이 하여서 젊은이들의 문화공간으로 사랑을 받고 있었음은 새삼스러운 이야기가 아니었다. 제3 경관(第三景觀)은 마닐라 경제의 중심인 마카티(Makati City), 아얄라(Ayala Avenue)와 그린벨트의 야경이라 할 것이다. 특히 크리스마스가 가까워질 때면 다양한 데코레이션이 내걸린 마카티의 야경은 세계 어디에 내놓아도 부끄럽지 않은 경치가 될 것이다. 그다음은 보니파시오 하이스트릿(Bonifacio High Street)이다. 젊은이들을 위한 새로운 문화공간으로 떠오르고 있는 것에 기대를 걸어본다.

각설하고, 이에 질타하고 싶은 것은 필리핀 문화청의 경관에 대한 정책의 부재다. 기왕에 있던 것도 철폐해버리는 문화 당국이다. 제일 아쉬운 점은 마닐라 베이를 끼고 있던 공원을 없애고 그 앞에 수족관이 있는 호텔을 축성한 일이었고, 문화경관으로는 나용 필리피노(Nayong Pilipino) 민속촌이 없어진 일이었다. 필리핀 각 지방의 미니어처로 소개하고 있었으나 왜 그것을 철폐한 지 알 길이 없다. 자연경관과 문화경관에 대한 몰상식이 아닐 수 없다. 정 그렇다면 이에 이르러 우리가 필리핀에 한국적인 문화공간을 조성하여 필리피노들이 한국의 문화를 즐기게끔 대체해주어야겠다는 생각을 해보기도 한다.

한국에는 지금 단풍이 한창 물들었다고 한다. 그래서 금수강산이라고 했던가! 단풍잎 한 개라도 귀하디 귀한 자연과 함께 문화경관이 되는 한국적인 시점에서 볼 때 마닐라에서 산다는 것이 정서적으로 결코 녹록지만은 않다는 생각이다.

세계를 품은 기도

　　　　　내 일과는 매일 우편함에 가서 우편물을 찾아오는 것으로
부터 시작된다. 그렇다고 수령할 우편물이 많은 것은 아니다. 혹시 와
있을지도 모를 우편물을 방치해두는 것도 그렇고 자격지심으로 미납된
독촉장 같은 것은 없나 해서이고, 친지들이 전해온 희소식은 없는가 해
서이다. 평균적으로는 매달 6~7개에 불과하지만, 대개는 문학잡지와
선교관계 팸플릿들이다. 이것은 물론 내가 이런저런 일로 한국에 가 있
을 때의 이야기이다.

　오늘 아침은 내가 사는 빌라루엘타워 사무실에 내려가서 묵직한 봉
투 한 개를 수령하였다. 이는 아이들이 한국에서 한 달에 한 번 붙여오
는 우편물이었다. 아이들에게 부탁했다. 잡지 같은 것은 말고 얇은 책
이나 팸플릿만 붙여달라고 하였다. 그중에 '세계를 품은 기도'라는 팸플
릿은 꼭 잊지 말고 붙여주라고 하였었다. 과연 우편물 속에는 세계선교
정보를 한눈에 알아볼 수 있는 팸플릿이 들어 있었다. 그러면 나는 그
팸플릿을 보면서 언제나 기도를 드린다. 세계를 향한 기도이다. '미력하
지만 각 나라, 각 민족, 어려움을 당하고 있는 모두에게 은혜와 축복이
넘치게 하소서!'라고 기도하게 되는 것이다.

　선교 정보에 대한 기도제목은 언제나 그렇듯이 개발도상국이나 공산
국가에 대한 것으로 가득 채워져 있었다. 요동치고 있는 세계정세가 아

닐 수 없었다. 정치, 경제, 문화, 종교 등 사악한 정보가 너무도 많은, 그래서 나는 언제나 무릎을 꿇고 기도를 드리게 된다. 그리고 어떤 정부, 또는 권위 아래 있는 성도는 교회 못지않게 세상의 질서를 지키며 힘써야 함을 강조한 사도바울의 말을 떠올리면서 갈등하게도 된다. 본질적으로 세상에 존재하는 모든 권위의 통치구조가 하나님의 섭리에 따라 진행되기 때문에 복종해야 한다는 것이라는 사실과 함께 국가권력이 불의를 행함에 있어 그냥 기도만 하고 있어야 하는 것이 맞느냐 하는 그런 갈등이다. 그러나 기도밖에 무엇이 더 있겠는가! 모든 것을 하나님께 맡기고 공의를 회복하게 하고 불의를 개혁하게 하옵소서! 라고 기도하는 것이 책무임을 깨닫게 되는 일 외에는!

그래서 오늘도 나는 이렇게 기도하였다. 에콰도르를 위해서는 "베네스엘라 정부가 국제기구들과 협력하여 난민들을 지원하여 비상사태를 지혜롭게 극복할 수 있도록 하옵소서!"라고 하였고, 예멘을 위해서는 "중동의 정세가 안정되어 예멘의 상황이 호전되도록 하게 하옵소서!"라고 하였고, 오스트리아를 위해서는 "카톨릭 교회가 부패와 형식주의에서 벗어나 복음으로 새롭게 되도록 하옵소서!"라고 하였고, 파키스탄을 위해서는 "성령께서 다수 무슬림의 위협과 폭력으로부터 교회들과 그리스도인들, 그리고 사역자들을 보호하여 주옵소서!"라고 하였고, 북한을 위해서는 "북한 지도자들의 결단을 통해 비핵화를 위한 북미 간의 대화가 조속한 열매를 맺을 수 있도록 하옵소서!"라고 하였다. 주여!

선교주일과 순교

한국에 갔다가 필리핀에 오면 언제나 첫 주일 예배는 가정 예배인데, 선교주일예배로 드린다. 1년에 한 번이면 한 번, 다섯 번이면 다섯 번, 다녀올 때마다 드린다. 선교지를 다시 찾게 하신 하나님께 감사와 찬송을 드리려 함은 물론이거니와 이는 선교지를 떠나 있었을 동안 해이해진 마음을 다스리고 선교에의 사명감을 다지기 위한 나름대로의 예배이다.

예배순서는 언제나 묵도와 송영, 사도신경, 찬송, 교독문, 찬송, 성경봉독, 기도, 설교, 주기도문이다. 예배는 대개 1시간 정도인데 대표기도는 내가 하고 설교는 언제나 남편인 최정인 목사가 하곤 한다. 선교예배였으므로 교독문은 74번의 선교주일 교독문이었고, 끝 구절은 목소리를 높여 같이 읽는다. "오직 성령이 너희에게 임하시면 너희가 권능을 받고 예루살렘과 온 유대와 사마리아와 땅끝까지 이르러 내 증인이 되리라 하시니라(행1:8)."

'주일예배'를 '선교주일예배'로 드리는 데 대해서는 반론이 없지 않았다. 어떤 노회에서 헌의안을 내었는데 불가하다는 것이었다. 주일 예배면 오로지 주님만을 위해서 드리는 예배가 되어야 하는데 주일 앞에 선교가 붙으면 주님은 없고 선교만 있는 예배가 된다는 것이었다. 일리가 있는 것 같았으나 부결되었다.

선교란 무엇인가? 문자 그대로 선교, 즉 포교하는 것이다. 포교의 내용은 복음이고, 해외에서 복음을 전하는 사람은 선교사이다. 언제까지 복음을 전해야 하는가? 죽을 때까지이다. 그래서 선교사들이 선교사로 파송될 때 "선교사로 나가면 고국에 다시 돌아가지 않는다. 거기서 죽는다."라는 서약까지를 하게 되는 것이다. 선교사가 달려갈 길다 달려간 후에 자연사하는 것도 의미가 전혀 없는 것은 아니다. 순직하였으니 하늘의 상급이 있을 것이나 바라기는 순교자가 되는 것만큼은 못한 것이다.

그렇다면 한국 교회사에 나타난 순교자는 얼마나 되는가? 병인박해 (고종 3년/1866~1871) 때에 8,000명에 달하는 사람들이 순교하였는데, 고려대학교 한국사학과 조광 교수에 의하면 그 이름과 인적사항으로 밝힐 수 있는 순교자는 대략 2,000명 정도였다고 한다. 이는 한국 천주교사에 대한 기록일 뿐이고 개신교사에서는 없는 이야기이다. 그런데 영광스러운 것은 내가 속해 있는 대한예수교장로회 대신총회 산하 회원 중에서 두 명이나 되는 순교자를 찾아볼 수 있게 되더라는 사실이다. 한 사람은 1950년도 6.25 직후 대한신학교 설립자 김치선 목사의 복음 전도대 일원으로 활동하던 정관백 전도사인데 지리산 일대에서 복음을 전하던 중에 빨치산에 의해서 사살된 순교이고, 다른 한 사람은 2010년 필리핀 마닐라에서 선교활동 중에 그리스도교의 신앙과 진리를 증오하는 자에 의해서 피살된 조태환 선교사이다.

예수님 제자의 순교는 전승에 의하면 다음과 같았다. 야고보(James)는 돌에 맞아서, 빌립(Philip)은 채찍에 맞아서, 마태(Matthew)는 창으로, 작은 야고보(James)는 구타와 돌로 인한 뇌 손상으로, 맛디아 (Matthias)는 참수형으로, 안드레(Andrew)는 십자가로, 마가(Mark)는 몸이 찢겨서, 베드로(Peter)는 십자가를 거꾸로, 바울(Paul)은 참수형으로, 유대(Juda)는 십자가로, 바돌로매(Batholomew)는 십자가에, 도마 (Thomas)는 창으로, 누가(Luke)는 나무에 목이 매달려, 시몬(Simon) 은 십자가에 매달려 각각 순교하였으니 기독교복음의 역사는 초창기부터 피와 순교의 역사였음을 기술하게 되는 것이다.

최 목사가 그런 내용의 설교를 하였다. 매번 반복되고 있는 일사각오(一死覺悟)의 설교 주제이다. 설교를 듣는 중에 나는 매번 "아멘!" 으로 화답하였고, 예배를 끝낸 다음에는 약속이나 한 듯이 언제나 박수를 친다. 요란한 박수였다. 하나님께 드리는 영광의 박수인 것이다. 할렐루야!

어머니의 기도

　　매해 생일을 맞이할 때마다 엄마를 생각하게 된다. 엄마! 그랬다. 나에게는 어머니가 아닌 엄마이다. 내가 어렸을 때, 아주 어렸을 때는 아니지만, 열두 살 때 돌아가셨으니 엄마와 더불어 많은 사연을 가질 수 없음이 안타까운 일이고 어머니가 아닌 엄마의 정만이 어렴풋이 남아 있을 뿐이다. 나는 3남 3녀의 막내였고 부모로부터 사랑을 독차지하고 있었던 셋째 딸이었다. 그래서 때로는 언니들로부터 미운 오리 새끼가 되기도 하였다. 생일상을 특별히 차려주었기 때문이다. 생일상이라고 해서 거창한 것은 아니었지만, 그때마다 아버지와의 독상이었음을 기억할 때 저절로 웃음이 나오게 된다. 그러나 엄마가 차려준 내 생일상은 불과 10여 차례뿐이었음을 생각할 때 저절로 서글퍼지고 쓸쓸해지는 마음이다.

　　그러던 내가 정작 엄마의 사랑이 듬뿍 담긴 생일상을 받아보기로는 시집간 다음이었다고 할 것이다. 이번에는 엄마가 아닌 시어머니의 생일상이었다. 어려서 엄마를 잃은 나를 긍휼히 보아서였던지 매해 미역국을 끓여서 생일상을 차려주셨는데 황공스러운 일이 아닐 수 없었다. 이미 세상을 뜨시고 안 계신 엄마와 시어머니에 대한 그리움이다.

　　그러나 제일 그립고 아쉬운 것은 두 분이 내게 베풀어 주신 생일 밥상도 그랬지만, 나 되지 못한 나를 위하여 엄마와 시어머니께서 쏟아주신 기도의 손길이었다. 시어머니는 지금 살아계시면 106세이시고, 엄마는 그보다 10년 더 연상이시다. 자녀를 위해서 정화수를 떠놓고 기도하였다는 이야기가 내 경우 옛날의 이야기가 아닌 친정이었음을 생각할 때에 그때는 다 그랬을 것이라는 생각이다. 엄마는 천식으로 돌아가셨는데, 죽음을 예견하셨던지 돌아가시기 몇 달 전부터 장독대에 정화수를 떠놓고 새벽마다 하늘을 향해 기도하시던 그 모습은 너무나 성스럽고 애틋한 정이 아닐 수 없다.

그런데 시어머니는 믿음이 독실한 개신교 권사님이셨다. 시집을 당시에 나는 학업을 다 닦지 못한 상태였고, 그렇다고 믿음이 있는 것도 아니었다. 그런 나를 위한 시어머니가 기도하기를 마지않으셨다. 내가 바로 당신의 기도제목이었다. 예수 믿지 않는 나를 위해서 기도하셨고, 야간 신학을 다녔는데 지혜와 총명 주심을 위해서 기도해 주셨고, 교회의 심방전도사가 되었을 때는 신실한 여종이 될 것을 위해 기도해 주셨고, 해외에 선교사로 파송되었을 때에는 일사각오로 사명을 잘 감당하는 여선지 드보라와 같은 용기 있는 선교사가 되어 줄 것을 위해서 간절히 기도해 주셨다.

나에게 있어서 시어머니는 기도의 어머니셨다. 저 허랑방탕한 아들 어거스틴(Agustin)을 회개시키기 위해서 아들이 가는 곳마다 따라다니면서 기도한 성 어거스틴의 어머니, 기도하는 성녀 모니카(Monica)와 다름없는 그런 어머니였다고 감히 말할 수 있다. 어거스틴은 불효자 중의 불효자였다. 나이 18살 때에는 결혼도 하지 않았는데 이미 아들이 있었다. 10년 동안은 기독교를 떠나서 마니교를 신봉하는 회원으로 있었다. 그렇게 어거스틴이 욕정과 이교도에 빠져서 허우적거릴 때 모니카의 피눈물 나는 기도가 없었다면 기독교 역사상 가장 위대한 4명의 교부 중 한 명인 어거스틴도 존재할 수 없었을 것이다.

나는 한국에서 단기선교팀이 오면 언제나 1일은 문화탐방으로 잡고 그중에 마닐라 중심에 있는 성 어거스틴 교회(San Augustin Church)를 꼭 탐방토록 하고 있다. 이 교회는 필리핀에 현존하는 석조건물 가운데 가장 오래된 교회인데, 1675년 일곱 번에 걸친 지진과 제2차 세계대전 폭격에도 아무런 손상을 입지 않고 옛 모습을 그대로 간직하고 있어서 신비감마저 자아낸다.

교회 오른편에는 성 어거스틴 박물관(San Augustin Museum)이 있는데, 이탈리아 화가가 그린 성 어거스틴과 그의 어머니 모니카의 초상이 모셔져 있다. 나는 언제나 그 앞에 서서 기도를 드린다. 나 또한 2남 2녀를 둔 엄마요, 어머니이기에 모니카를 닮기 위하여 기도하는 것이다. 하기야 우리들 어머니처럼 모니카보다 못한 이가 어디 있겠는가! 우리 엄마처럼, 우리 시어머니처럼, 나도 아들딸을 위해서 기도드리고, 그들이 모두 우리나라와 하늘나라에 쓰임을 받는 귀한 일꾼 됨을 위하여 간절히 기도하게 되는 것이다.

성전을 향하여

위투(Yutu)라고 했던가! 중국에서 제출한 태풍 26호의 이름이다. 위투는 전설 속의 옥토끼를 의미한다는데, 그 옥토끼 때문에 고생한 생각을 하면 신령스런 이름일수록 조심해야겠다는 생각을 가지게 된다. 옥토끼가 루손 섬 북부를 짓밟아서 많은 인명과 재산피해가 발생했었고 지금도 인명구조 작업이 한참인데, 내 경우로 말하면 단순히 바탕까스(Batangas City) 항구의 뱃길이 막혀서 바다를 건너가지 못해서 생긴 불편뿐이니 그것을 고생이라고 말해도 좋을지 모르겠다.

나 혼자였다면 무슨 문제가 있었을 것인가! 그때 마침 한국에서 단기 선교팀이 와있었기 때문이다. 한 달 전부터 계획을 세웠던 터라 답답한 것은 말할 것도 없었고 선교지를 정탐하러 왔던 목사님들에게는 미안하기 그지없는 일이었다. 바탕까스 항구에는 뱃길이 막혀서 바다를 건너가지 못한 수백 명의 사람이 여기저기 자리를 깔고 혹은 앉거나 서서 담배만을 뻐끔뻐끔 피어대고 있었다. 바다는 잠잠하였고 바람은 불지 않았으나 몇 년 전에 레이테(Leytr) 근방에서 7천여 명의 사상자를 낸 태풍 하이옌(Hsiyan)에 필적하는 초강력 태풍이 온다고 해서 항구를 미리 봉쇄해 버렸다.

바다 건너편 깔라판(Calapan City) 항구에서는 우리를 맞이할 사역자

대표들이 와서 대기하고 있었다. 그뿐만 아니었다. 우리를 맞고자 대기하고 있는 사역자들은 오리엔탈 민도로(Oriental Mindoro)를 관통하는 소도시인 나우한, 빅토리아, 소고로, 폴라, 피나말라얀, 반수드, 봉아봉, 로하스, 산 안토니오, 만살라이, 블라라까오 등에서 수십 명이나 되는 목회자들이 기다리고 있었다. 그렇게 많은 목회자가 우리를 기다리게 된 사연은 그곳이 바로 선교사역 30여 년의 주 무대인 나의 터전이었기 때문이다.

사람들이 나를 향해 말한다. "백 선교사가 민도로 섬 최초 선교 개척자예요!"라고 함에서는 구태여 아니라고는 말하고 싶지 않다. 사실이 그러하기 때문이다. 1990년도의 일이었다. 지금은 바탕까스 항구가 국제항으로 격상되어 큰 배들이 입항하고 있지만, 그때만 해도 대나무로 만든 조각배만 오갔을 뿐, 황토밭에 놓인 널빤지를 딛고 배를 타고내리고 했었다.

내가 바탕까스 항구에서 배를 타고 건너가서 처음으로 사역한 곳은 폴라(Pola)의 시쵸방코(Sitio Banco)라는 늪지대였다. 거기에는 주님이 예비해놓은 에덴(Ptra. Edan)이라는 여자전도사가 있었다. 지금 와서 생각하면 그녀가 전도에 얼마나 열정적이었으며 헌신적이었나를 깨닫게 된다. 그녀와 더불어 오리엔탈 민도로의 산간벽지를 다니면서 교회들을 개척하였고, 망얀부족(Mangyan Tribe)에게 복음을 전하기 위해서는 룸보이(Lumboy Mt.) 산악지대와 가브야오 (Cabyao Mt) 산악지대를 힘든 줄도 모르고 오르내렸었다. 결과로는 민도로 섬만 해도 개척교회가 50여 개이고, 성전건축이 70회에 걸쳐 이루어졌으니 기특한 결과이고, 민도로 섬이야말로 내게는 선교의 본향과 다름없는 곳이라는 사실이다.

선교팀에게 그런 결과물들을 보여주고 싶었다. 단기선교로 오신 팀원들이 또 그곳을 보고 싶다고 했었다. 그래서 가고자 했고 그래서 가지 못한 것이 안타까움으로 남는 것이다. 그들이 말했다. "여자의 몸으로 30여 년이 가깝도록 그만큼 일을 했으니 이제부터는 저희들에게 맡겨보세요. 앞으로는 우리가 책임지고 감당해 갈 것입니다."라고 하였다. 그때 같이 왔던 목사 중 한 분 이름이 김영안 목사이신데 우리를 위로 격려하면서 이렇게 말했다. "영안으로 보면 모든 것이 다 잘 보입니다. 다 잘 될 것입니다. 백 선교사가 하나님 앞에서 서원한 100개 교회 개척과 100개 교회의 성전건축이 수년 내에 다 이루어질 것입니다." 할렐루야!

그래서 오늘도 나는 계속 기도를 드리고 있다. 그들 단기선교 팀은 마닐라에서의 사역을 마치고 무사히 귀국하였지만, 선교동참에 대한 그들의 기도와 서원이 선교현장에서 어김없이 이루어질 것을 믿어 의심치 않게 되는 것이다. 민도로 섬 사역은 개인적으로는 내가 청춘을 바친 곳이고, 선교사적으로는 1944년도에 미국의 군인 출신 만딜린(Ms. Mandilin) 전도사가 복음을 전한 후 복음전도자의 발자취가 끊겨졌다가 내가 두 번째 여자사역자가 된다. 주여! 100개 교회 개척과 100개 교회의 성전을 건축하여 봉헌할 수 있도록 힘과 능력과 선한 손들을 붙여 주시옵소서!

Connie 여사

비바람이 몰아치는 어느 날이었다. 나는 바야따스 대로변의 좁은 골목길을 미친 듯이 헤매다니고 있었다. 판자로 엮은 조그마한 집들이 게딱지처럼 붙어 있어서 여기가 거기 같았고 거기가 여기 같아서 골목길이 정신을 온통 빼앗은 것 같았다. 비인지 땀인지 얼굴에서는 물방울들이 줄줄이 흘러내렸지만 닦아낼 생각도 하지 못했다. 그곳에는 나의 오랜 친구요, 동역자였던 브랭딩기(Dr. Dionisis Prendengue) 목사가 살고 있었다. 수년 내 여러 번 전화했으나 연락이 안 되어서 도대체 어떻게 되었나 싶어서 찾아 나선 길이었다.

그는 시각장애인이었다. 그러나 처음부터 시각장애인은 아니었다. 1995년에 내가 그를 처음 만났을 때는 이미 환갑이 지난 나이었지만 열혈청년에 못지않게 나를 인도하면서 어디든지 다녔다. 그러던 어느 날이었다. 눈이 잘 안 보인다고 하였다. 나는 그냥 노안이라고 하면서 선교지에만 열심히 끌고 다니다시피 하였다. 그것이 실수였다. 시력이 악화하였으나 사역에 전념하다가 치료 시기를 놓친 것이다. 죄송하기 그지없는 일이었다. 그 후로는 내가 브랭딩기 목사를 어떻게 대접해야 하나 하는 생각뿐이었다. 장님이 된 후에 더 위로할 방법은 없고 하여서 고작 한다는 것이 1년에 한두 번은 만나서 음식을 대접하는 일이었고 헤어질 때는 용돈 얼마를 손에 꼭 쥐여주는 것으로 나름대로 자

위하고 있을 뿐이었다. 그런데 도통 연락이 안 되었다. 하여, 오늘은 꼭 집으로 찾아가서 만나 뵙고 그간 어떻게 지냈는지 문안도 드리고 위로도 할 참이었다. 지성이면 감천이라고 했던가! 이 가게 저 가게 구멍가게에 가서 수소문하니 운 좋게도 마침 브랜딩기 목사의 사모를 안다는 여인이 있었다. 그를 앞세우고 집을 찾아낼 수 있었다.

브랜딩기 목사의 집은 허름하기 짝이 없는 무허가 판잣집이었다. 나는 "고니! 고니!" 하고, 집 앞에 서서 사모의 이름을 외쳐 불렀다. 그러나 집안에서는 아무 대답이 없었다. 덜컹거리는 문짝을 밀고 고개를 들이밀면서 "고니! 고니!" 하고 다시 불렀다. 고니가 달려 나왔다. 그런데 달려 나온 문은 내가 고개를 들이민 문이 아니라 그 아래쪽 다른 조그마한 문이었다. 어찌나 반가웠던지. 우리는 반가움에 누구라 할 것 없이 서로 꼭 끼어 안았다. 그리고 비를 맞으면서 한참 동안을 그리하고 있었다.

고니(Ms. Connie)가 말했다. "목사님은 작년에 돌아가셨어요!" 청천벽력과 같은 부음에 나는 한동안 말을 잊고 있었다. 가슴 아픈 일이었다. 그는 내 동역자 중에 유일한 신학박사였고 필리핀 교단에서 존경을 받아온 비숍(Bishop)이었다. 그러던 그가 암흑 속에 던져져서 투병하다가 얼마나 고통스럽게 생을 마감했을까를 생각하니 눈물이 절로 나오는 것이었다. 사는 집은 아마도 브랜딩기 목사가 물려준 것 같았다. 부지는 브랜딩기 목사가 마련한 땅이었다. 땅이 있고 집이 있으니 혼자서 살아가는 데는 문제가 없을 것 같아서 그나마 다행이라는 생각을 하였지만 측은하기 그지없는 사모의 모습이었다.

고니는 실리만 대학교(Silliman University) 경영학과 출신의 재원이었다. 브랭딩기 목사가 부인과 사별을 하자 자원하여 후처가 된 사실은 누구나 알고 있는 사실이다. 브랭딩기 목사가 건강했을 때는 우리와 같이 밀림과 산악을 오르내리면서 전도에 앞장 선 사실과 집에 있을 때는 브랭딩기 목사를 위하여 교안과 설교원고를 타이핑해서 드리는 등 비서의 일을 마다하지 않고 하는 등 그 또한 누구나 알고 있는 사실이다. 브랭딩기 목사가 장님이 되었을 때는 싫다 하는 기색 없이 눈과 발이 되어서 헌신적으로 남편을 보좌하였고, 브랭딩기 목사가 소천했을 때는 그가 남겨준 조그마한 집을 지키면서 흡족한 듯이 살고 있었으니 고니야말로 가히 필리핀판 열녀라 할만 하였다.

집에 돌아오자 남편인 최 목사가 "이제 브랭딩기 목사님도 별세하고 안 계시니 우리 고니 사모를 불러내어 선교에 동참토록 해요. 그런 순수한 믿음과 사랑을 간직한 여인이 어디 있겠어요. 옛날처럼 밀림과 산악지대를 누비면서 같이 복음을 전할 수 있다면 브랭딩기 목사님에게도 다소나마 속죄가 되겠고 우리에게도 큰 힘이 될 것 같아요."라고 하였다. 나는 "그래요. 하나님이 고니를 사역자로 세워주실 거예요. 우리 고니를 위해서 기도해요."라고 대답을 하였으나 고니는 이미 환갑을 훨씬 넘긴 노인이었다. 브랭딩기 목사와 고니와 그리고 나, 주마등처럼 스쳐 지나가는 30년 세월의 앙금이 내려앉아 내 눈에는 어느덧 눈물이 뿌옇게 어려지는 것이었다.

현대판 모계사회

그럴 수 있을까? 그럴 수는 없는 일이었다. 한 지붕 네 가족이라니? 이는 필리핀 어느 가정을 방문하고 돌아온 다음의 이야기다. 언젠가 한 지붕 세 가족이라는 드라마를 본 일이 있었는데 그때 생각이 긍정적으로 보면 축복받은 가정이요, 부정적으로 보면 불행한 가정 같아서였는데, 그 가정을 보고 난 후에 그때와 다름없는 생각을 갖지 않을 수 없었다는 이야기다.

내가 방문했던 가정은 다름이 아닌 나의 오랜 동역자인 파키토 목사의 집이었다. 위층은 교회요 아래층은 파스토 하우스였는데 예배 후 아래층에 내려가서 커피를 마시게 되었다. 방이 네 개 있어서 내가 말했다.

−저 방들은 왜 문들이 꼭 잠겨 있지? 누가 쓰는 방인데요?
−아이들 방이에요.
−아이들이라니요? 다들 시집 장가가고 없지 않나요?
−그렇게 되었습니다. 다들 와서 같이 살고 있어요.
어이가 없었다. 시집 장가 간 자녀들이 자기 집을 놔두고 본가에 와서 부모와 같이 살고 있다니, 그것도 전부가? 이해가 가지 않았다.
−큰아들 제니시스는?
−이혼했어요.

–그러면 큰딸 제로미는?

  –딸을 낳았는데 시골 증조할머니에게 맡겨놓고 직장에 다니고
있어요.

  –남편은?

  –어디 있는지 몰라요.

  –그러면 작은딸 제니는?

  –딸 하나 낳아서 와서 살고 있어요.

  –남편은?

  –어디 있는지 몰라요.

  어이가 없었다. 아들은 이혼하였고 딸들은 애를 한 명씩 낳아서 친정
에 와서 살고 있었다니, 그럴 수는 없는 일이었다. 그래서 가만히 생각
해 보았다. 생각해 보니 이해 못 할 바도 아니었다. 아들은 그렇다고 해
도 딸들은 결혼하지 않았었다. 시쳇말로 연애질하다가 애를 낳아서 온
미혼모들이었다. 남자가 나 몰라라 하였기 때문이다. 애를 낳았어도 내
가 언제 결혼을 하겠다고 했느냐고 상대도 하지 않으니 딸들이 애들을
데리고 친정에 와서 사는 형국이었다.

  딸들이 불쌍해 보였다. 그러나 딸들은 그렇지 않은 듯 표정들이 밝기
만 했다. 할아버지 되는 파키토 목사는 손녀들을 보면서 행복한 듯 웃
고만 있었으니……. 문제는 필리피노들의 성문화에 있는 것 같았다. 사
랑은 마음껏 하되 책임은 지지 않는다는 것 같았다. 그러다가 임신을
하고 출산을 하게 되면 온전히 여자들의 몫이 되고 있다는 사실이다.

그런데 문제의 심각성은 비단 파키토 목사의 가정에 한한 문제가 아니라는 점이다. 모계사회(Matriarchy)에서나 있을 법한 그런 풍속도가 아닐 수 없었다.

모계사회는 인류가 농경을 시작하기 전에는 혈통과 재산이 모계를 따라 상속되던 때를 말한다. 그것에 대한 일반적인 가설구조는 다음과 같다. 사회제도가 발단하기 전에는 남녀는 가정을 이루지 못한 채 난혼을 일삼았을 것이다. 특히 남자들이 이곳저곳으로 다니면서 수렵을 함에 있어 남녀의 사랑은 그때나 이때나 진배 없었던 모양인바, 사랑에는 언제나 열매를 맺는 법! 그 결과 자녀들은 모친은 알 수 있어도 부친은 알 수 없으므로 자연히 모계사회로 진화했다는 설명이다.

모계사회를 생각하니 섬뜩한 느낌이다. 모계사회라니? 지금이 어느 시대인데 모계사회 운운하는 것인가! 그러나 남녀 모두 성문화에 대한 인식을 새롭게 하지 않는다면 제4차 산업혁명(Fourth Industrial Revolution)에 즈음하여 부계사회는 사라지고 현대판 모계사회가 곧 도래하지 않겠는가 하는 생각을 지을 수 없게 되는 것이었다. 파키토 목사는 나에게는 아들과 같은 사람이다. 자녀들도 그렇고 손주들 또한 마찬가지다. 아픈 가슴을 쓸어내지 않을 수 없었다. 그래서 나는 나에게 몇 번이나 질문을 던져보는 것이었다, 그럴 수 있을까? 그럴 수는 없었다. 허망해지는 마음으로 작별하고 나오는데 파키토 목사가 가만히 내 손을 잡으면서 말했다.

-맘(Mam) 죄송해요. 하지만 맘, 기도할 때마다 제 아이들과 어린것들을 위해서 **빼놓지 말고** 기도해 주세요.

메리 크리스마스

필리핀의 크리스마스는 한두 달 전부터 시작되는가 싶다. 가로수와 화단 사이에 크리스마스를 축하하는 각종 데코레이션이 내어 걸리고 간혹 밤에는 명멸하는 불빛과 함께 징글벨이 울려 퍼지기도 한다. 크리스마스와는 한참 먼 10월이나 11월경인데도 말이다. 그렇다고 실감이 나지 않는 것은 아니다. 실감이 나는 것은 택시를 타고내릴 때이다. 약삭빠른 운전사들이 "메리 크리스마스!"라고 하면서 언제나 축하인사를 한다. 그러면서 싱긋 웃는다. 그러면 그것이 무슨 축하인사인가 빨리 눈치를 채야 한다. 그냥 내려서는 안 된다. 메리 크리스마스라고 화답을 하고 20페소나 50페소를 더 얹어서 택시비를 지불해야 한다. 강압적인 것은 아니지만, 그것이 순서고 도리이다.

교회도 마찬가지이다. 내가 관장하고 있는 선교지의 파스토들로부터도 한두 달 전부터 연락이 온다. "아무 날 아무 시에 크리스마스 파티가 있습니다."라는 통보이다. 그러면서 그때 꼭 오셨으면 좋겠다고 초청을 한다. 그러면 그것이 무슨 초청인가를 빨리 파악하고 답해야 한다. 그 때마다 나는 "알았어요. 크리스마스 파티비로 3천 페소 보내드릴게요."라고 한다.

다른 나라의 경우는 살펴보지를 못했으니 모르겠고, 우리나라의 경우는 크리스마스를 미리 준비하지도 않고 요란스럽지도 않다. 정작 요란스러운 것은 크리스마스이브 당일이다. 어린이들과 청년들이 준비한 찬양과 유희가 있고 성극으로 한껏 주님 탄생하심을 축하한 후에 새벽이 되면 모두 촛불을 들고 성도들의 집을 순방하면서 "메리 크리스마스! 예수께서 탄생하셨습니다."라고 하면서 "기쁘다 구주 오셨네!" 찬송을 연호하듯이 부른다. 그러면 성도들은 기다렸다가 대문까지 나와서 같이 찬송을 부르고 준비한 과자나 사탕을 주면서 "메리 메리크리스마스!"로 화답을 한다. 그때 교회에서는 교회마다 땡그랑 땡그랑 새벽종을 울려대고….

크리스마스! 눈이라도 내리면 그렇게 기쁠 수가 없는 날이다. 모두가 한 폭의 그림으로 남는 아름다운 추억들이 아닐 수 없다. 지금은 모두 잊혀진 풍속이 되었지만…… 시인 최정인 선교사는 크리스마스를 노래하기를 다음과 같이 하였다.

1)
베들레헴 들 밖
마굿간 구유에
아기 예수 탄생하시니
메리 크리스마스.

천군 천사들이
메리 크리스마스.
양 치던 목자들이

메리 크리스마스.

동방박사 세 사람
별을 보고 따라와
메리 크리스마스.

다윗의 동네에
너희를 위하여
구주가 나셨으니
그리스도주시라.

깊고 깊은 산골짝
토굴 속에서도
메리 크리스마스.

넓고 넓은 바닷가
오막살이에도
메리 크리스마스.

메리 크리스마스.
메리 크리스마스.

2)

방울 소리 울리며
산타가 오신다.
흰 눈이 내리고
루돌프 사슴이
아기들의 꿈속을
신나게 달린다.

징글벨 징글벨
촛농이 녹고
천사들이 밤새워
원무를 춘다.

해 뜨는 데서부터
해지는 데까지
하늘에는 영광!
땅에는 평화!
징글벨 징글벨
탄일종이 울린다.

오늘 다윗의 동네에 너희를 위하여 구주가 나셨으니 곧 그리스도 주
시니라 너희가 가서 강보에 싸여 구유에 뉘어 있는 아기를 보리니 이것

이 너희에게 표적이니라 하더니 홀연히 수많은 천군이 그 천사들과 함께 하나님을 찬송하여 이르되 지극히 높은 곳에서는 하나님께 영광이요 땅에서는 기뻐하신 사람들 중에 평화로다(눅2:11~14). 아멘!

죽으면 죽으리이다

　　다시 새해를 맞이한다. 흔한 말로 가슴 벅찬 새해인 것이다. 하여, 작년에 이루지 못한 꿈을 올해에는 꼭 이루고야 말겠다는 결의와 함께 여러 가지 계획을 세워보게 된다. 그렇다고 작년의 일들이 무의미했다거나 실망스러웠다거나 하는 그런 말은 아니다. 사람의 순수한 욕망이랄까. 작년보다 올해에는 더 큰 복을 받고 더 큰 열매를 맺게 되기를 기원하는 마음이다.

　　그러나 새해를 맞는 선교사의 마음은 언제나 초조하기만 하다. 적어도 1월 한 달 동안은 언제나 그러했다. 단도직입적으로 말하면, 올해에는 선교비 후원금이 얼마나 들어올 것인가 하는 우려. 불신앙적인 자세가 아닐 수 없지만, 그러나 이것은 실제 상황이다. 선교사들이 일선에서 싸우는 군사라고 할 때 그에게 필요한 것은 총알인바 총알이 없고서야 어떻게 군사된 사명을 다 할 것인가 하는 염려. 그렇게 걱정을 하게 되는 것은 그 후원금이라는 것이 의무적인 것이 아니고 교회마다 1년 단위로 책정되어서 보내지기 때문이다. 조마조마한 마음이 아닐 수 없다. 그래서 무릎 꿇고 언제나 "더도 말고 덜도 말고 작년 같게만 하옵소서!"라고 소심한 기도를 드리게 된다.

　　그런데 새해 첫날부터 걱정을 떨쳐버리게 하는 기쁜 소식이 들어왔다. 작년에 후원을 중단했던 교회에서 후원을 재개하겠다는 전화가 걸려왔기 때문이다. 나는 속으로 "할렐루야!"라고 했지만, 그 소식은 가슴이 아려오는 그러한 소식이었기에 다음 순간 "주여!"라고 외칠 수밖에 없었다. 선교후원을 재개하기에는 불가능하다시피 한 그러한 교회였기에 하는 한탄이었다.

그 교회는 평택 외곽지대에 있는 자그마한 교회였다. 교회가 작아서가 아니었다. 그 교회를 담임하고 있는 목사님이 장기간 병원에 입원하고 있었고 곧 퇴원하리라는 소식이었지만 당뇨가 악화되어서 한쪽 발목을 절단하였다는 소식과 함께였다. 발목을 절단하기 전에는 심장 수술을 두 번이나 하였고 기도가 막혀서 목 부위에 구멍을 뚫고 호수로 미움을 자시고 계셨는데, 찾아뵙지는 못하고 우리는 그저 기도만 드리고 있는 형편이었다.

목사님이 발목 절개수술을 받은 후 얼마 있다가 정신을 가다듬으며 이렇게 말했다고 한다. "즉시 선교비를 선교사에게 보내라! 내가 1년 가까이 병원에 입원은 하고 있었지만, 도대체 당회와 제직들, 성도들은 무엇을 하고 있었느냐? 왜 선교비를 중단했고, 그 사실을 이제야 말을 하는 것이냐!"라고 호통을 쳤다고 한다. 아마도 교회에서는 담임목사님의 수술비와 입원비가 적지 아니 나가고 해서 선교후원 등 지출을 일절 중지했던 모양이었다.

선교후원교회가 늘어난다는 것은 반가운 일이다. 그러나 선교후원을 결정하고 실행하는 데까지는 얼마나 많은 기도와 희생이 필요한가를 다시 한 번 더 깨닫지 않을 수 없다. 교회든 개인이든 재정이 풍부해서 하는 것은 절대로 아니라는 생각이다. 세상 풍습대로 이야기하자면 고혈

을 짜서 바칠 각오가 아니면 안 되는 것이다. 큰 교회보다는 작은 교회
일수록 더욱 그러하다. 선교에의 열정과 동참, 그리고 희생을 감수하면
서까지 선교비를 보낸다는 것은 실로 눈물겨운 이야기가 아닐 수 없다.

예수님께서 말씀하셨다. 부자들이 연보궤에 헌금 넣는 것을 보시고
또 어떤 가난한 과부의 두 렙돈 넣는 것을 보시고, 내가 참으로 너희에
게 이르노니 이 가난한 과부가 모든 사람보다 많이 넣었도다. 저들은
그 풍족한 중에서 헌금을 넣었거니와 이 과부는 그 구차한 중에서 자기
의 있는바 생활비 전부를 넣었느니라(눅21:1~4).

어쨌든 금년도의 선교는 희망찬 출발이 되었다. 도시 외곽에 있는 작
은 시골교회요, 그 교회를 담임하고 있는 목사님은 발목을 절단은 하였
으나 이에 연연하지 않고 목발을 짚고 일어나 선교에 동참하겠다고 선
언하였으니 그보다 더 큰 은혜와 축복이 없는 것이다. 우리에게 그렇게
힘을 실어준 그 교회는 팔복순복음교회였고 병상에서 떨쳐 일어나면서
선교에의 횃불을 다시 들어 올린 목사님은 이준영 목사였다. 이에 위로
하심과 격려하심, 치유하심에 힘입어 "죽으면 죽으리이다(에스더4:16)!"
라고 힘차게 외쳐보는 것이다.

파도, 그 조난의 현장

　　꿈을 꿨다. 배를 타고 가다가 기우뚱 발을 헛디뎌 추락한 후 파도와 싸우던 꿈이다. 뱃멀미가 심해서 선창에 나왔던 것이 원인이었다. 기우뚱 몸을 가눌 새도 없이 바다에 처박혀진 나는 수십 미터는 가라앉았던 모양인지 한참 만에야 파도 위에 얼굴을 내밀고 숨을 쉴 수 있었다. 배는 아직도 저 위에 있었고 파도가 꿈틀거리면서 나를 들었다 놓았다 했다. "사람 살려요!" 목청을 다해서 소리쳤지만 파도 소리뿐 배는 저만큼 점점 멀어지기만 있었다. 순간 죽었구나 하는 생각에 파도를 잡고 몸부림치다가 문득 잠을 깨었다.

　온몸이 땀에 젖어 있었다. 꿈을 꾸는 시간은 그리 오래 걸리는 것도 아니라는데 꽤나 혼쭐이 난 모양이었다. 입안은 오히려 바짝 말라 있었다. 정수기에서 물 한 잔을 빼서 마시고 다시 자리에 누웠으나 잠이 오지 않았다. 눈을 감았으나 스쳐 지나는 장면들이 너무나 현실감이 있었기 때문이다. 아닌 게 아니라 그렇게도 될 수도 있었다는 생각에 전율이 온몸을 훑고 지나가는 듯했다. 그런 경험이 있었기 때문이다. 선교정탐 중 배를 타고 가다가 느닷없이 당한 화재 때문이었다. 불길은 활활 타오르고 연기는 배를 온통 삼켜 버렸는데 배를 탈출하는 길은 오직 바다 위로 몸을 던지는 일뿐이었다. 꿈은 바로 그런 현실 경험의 연장선 위에서 나타난 것이었다.

지난해 여름 때였다. 바탕까스에서 수퍼캣을 타고 깔라판으로 가고 있을 때였다. 배 밑창에서 갑자기 화재가 발생했다. 배는 바다 위를 잔잔히 순항하고 있었다. 나는 그때 배의 2층인 비즈니스에 자리를 잡고 있었는데 출항한 지 30분쯤 지났을 때였다. 아래층에서 느닷없이 비명이 터져 나왔다. 비명이 터짐과 동시에 선상에 있던 승객들이 비즈니스실로 박차고 들이닥쳤는데, 시커먼 연기가 물씬거리면서 그들의 뒤를 쫓아서 들어왔다. 연기는 금시 선실을 가득 채웠고 농도가 짙어짐에 따라 공포가 더욱 짙어졌다. 비즈니스 실은 사방이 유리벽으로 밀폐된 곳이었다. 앞으로도 나갈 수 없고 유리벽을 뚫고 나갈 수도 없는 위급한 순간이 아닐 수 없었다. 여기저기서 "지저스!" "지저스!" 하고 외치는 기도 소리가 가득 메아리쳤다. 나는 그때 아무 다른 생각도 할 수 없었다. 그저 이제 죽는구나! 하는 그런 생각뿐이었다.

옆에 앉아 있던 남편 목사가 시트 아래를 더듬어 구명조끼를 꺼내서 내게 입혀주었다. 그러면서 내게 말했다. "아니, 당신은 어떻게 그렇게 침착해요?" 보기로는 내가 그렇게 침착하게 보인 모양이었다. 위기상황에서도 아무 다른 조처를 하지 않은 채 관망하듯 서 있었는데 그런 내 모습이 그렇게 의연히, 그렇게 훌륭하게 보였던 모양이다. 그랬으면 얼마나 좋았을까? 그런데 그게 아니었다. 너무나 놀라서 나는 아주 정신을 놓아버리고 있었던 것이다. 지금 생각하면 한심한 일이 아닐 수 없었다. 그런 위기상황에서 선교사라면 당연히 "내가 너희를 권하노니 이제는 안심하라 너희 중 생명에는 아무 손상이 없겠고 오직 배뿐이라(롬 27:22)."라고 사도바울처럼 담대히 외쳤을 법도 했는데, 그리하지도 못하고 그냥 멍청히 서 있기만 하였으니 선교사라고도 할 수 없는 부끄러운 태도가 아닐 수 없었다.

한심한 것은 구명조끼를 입은 다음의 생각이었다. 구명조끼를 입었으니 탈출해야겠다는 생각을 했다. 앞을 바라보았다. 앞은 메케한 연기와 공포에 사로잡힌 사람들로 가득 미어져 있는 아수라장이었다. 뒤는 거대한 통유리 벽이었다. 진퇴양난이 아닐 수 없었다. 이대로 죽는구나! 했다. 그러나 어떻게든 바다로 뛰어내려야겠다는 생각에는 변함이 없었다. 그래서 나는 꿈속에서 느닷없이 바다에 뛰어내렸던 모양인가! 그것을 꿈의 연장 선상에서 보면 나는 그때 꿈속에서 구명조끼를 입고 바다에 뛰어내린 것과 다름이 없는 상황이 된다.

그래서 가끔 이런 생각을 하게 된다. 위기를 만났을 때 보면 그 사람의 됨됨이를 알 수 있다는 말이 틀린 말은 아니로구나 하는 생각이다. 남편과 아이들 생각이 떠오르는 하였지만, 우선 자기부터 살아야겠다는 생각이며 거동이다. 이타적으로 살아야 한다고 하면서도 그 근본은 이기적이었다는 생각이다. 절체절명의 순간, 아비규환 속에서는 자기 자신 외에는 아무것도 생각나지 않더라는 고백이다. 우여곡절, 수십 개 성상을 살면서 넘어온 인생인데, 네가 살면 내가 죽고 내가 살면 네가 죽는다는 현실에서 벗어나지 못함을 다시 한 번 더 깨닫게 된다.

인터넷전쟁

　　　　　종일 인터넷과 씨름을 했다. 무슨 큰일을 해내기 위해서가
아니라 로그인하고 기다리고 접속 끊겨서 재로그인하고 그러다가 시간
만 잡아먹은 그런 싸움이었었다. 신경이 곤두서고 짜증스럽기가 그지없
었다. 타이레놀을 한 알 먹은 후에야 겨우 안정을 되찾았다. 필리핀 인
터넷은 원래 느린 것으로 정평이 나 있으나 너무하다 싶었다. 그게 사실
이지만 짜증이 났고 심지어는 사용하고 있는 노트북에 문제가 있는 것
이 아닌가 하여 자조적인 생각까지를 하였더라는 것이다.

　며칠 전에 뜬 기사에 의하면, 인터넷사용량에 대한 종합 순위는 필리
핀이 뜻밖에 세계 5위를 기록하고 있었다. 그것이 사실이라면 말도 안 되
는 필리핀 인터넷시장의 현황인 것이다. 그래서 아직도 개발도상국이라
는 인식을 떨쳐버릴 수가 없었다. 어디 필리핀뿐이랴? 아세안에 속해 있
든 여러 나라가 뒤질세라 인터넷에 심혈을 쏟고 있다는 사실이다. 비근한
예로는 캄보디아의 경우 2014년 말 인터넷 가입인구가 500만 명을 초과
했으며, 이는 전년도 대비 29.5%(386만 명) 증가한 추세였다. 일본의 경
우는 무선인터넷이용자만 9천만 명에 이르고 있었다.

　오후 늦게 PLDT(Philippine Long Distance Telephone)에서 기술자
가 나왔다. 콘도사무실에 부탁해서 신고를 한 지 나흘만이었다. 이리저
리 살펴보고 공유기에 연결한 선을 바꾸니 인터넷이 연결되었다. 한숨

이 나왔다. 안도의 한숨이었다. 그러나 기술자가 간 후 1시간도 안 되어서 또 불통이었다. 적어놓고 간 전화번호로 전화를 걸었더니 공유기를 교체해야 한다고 했다. 그럼 교체해 달라고 하니 6,500페소(USD126)를 내야 한다고 했다. 아니, 공유기 교체는 무료인데 그게 무슨 소리냐고 했더니 그럼 3주 후에나 교체가 가능하다고 하면서 전화를 끊는 것이었다.

그럴 수는 없는 일이었다. 한국의 경우에는 어디 있을 법이나 한 일인가! 공유기를 교체하는데 협상을 벌이다니? 한국이 생각났다. 인터넷이나 TV나 전자기기가 고장이 나면 기재를 들고 나와서 즉시 고쳐주곤 하던 인터넷 제일 강국인 우리나라가 불쑥 그리워지더라는 것이다.

그런데 한국도 무선인터넷 분야에서는 인터넷 강국이 아니라는 사실에 충격이었다. "한국의 모바일 시장규모가 어떻게 일본보다 작은가!" 이는, 인터넷의 아버지인 미국의 빈트 서픈 박사(Dr. Vinton Cerf)가 한 말이다. 일본의 무선인터넷 이용자는 9천만 명이지만 우리는 추정 5백만 명이라니 일본보다 휴대전화를 더 많이 사용하고 세계최초로 와이브로(WiBro) 무선인터넷 서비스를 상용화한 나라인데도 그렇다는 통계였다. 영국의 한 권위 있는 조사기관에 의하면, 한국의 IT 산업경쟁력은 2007년 3위에서 금년도 16위로 떨어졌다는 발표다. IT 강국이란 속 빈 강정에 불과했다. 그러나 유선인터넷 분야에서는 여전히 세계 톱 클래스다. 인터넷이용자 수와 초고속 인터넷가입자 수, 정보통신에 대한 국민 참여, 학교 인터넷 보급 등은 세계 최고 수준임에는 반론의 여지가 없다. 놀라운 것은 인터넷기술과 산업에 대한 중국의 급성장이다.

전체인구의 44%인 6억 명이 인터넷을 사용하고 있으며 미국의 81%보다는 낮은 비율이지만, 미국 전체인구가 2억5천만 명인 것을 감안하면 아시아(Asia)을 넘어 세계 최고의 인터넷 대국으로 군림한 셈이 된다.

아이러니컬한 것은 이를 예견이나 한 듯 가수 서지지가 2000년도에 「인터넷전쟁」이라는 곡을 발표하여 인터넷에 관한 관심을 증폭시켰다는 사실이다. 분명한 것은 제3차 산업혁명을 기반으로 제4차 산업에 대한 각국의 전략은 생태계를 선점하고 제조시스템의 혁신을 꾀하는 등 산업환경의 변화에 뒤처지지 않으려고 보이지 않는 전쟁을 벌이고 있다는 사실이다. 사물인터넷, 모바일, 인공지능 등의 기술이 인간과 사회의 생산성을 높여 줌으로 인터넷을 배제하고는 미래에 대한 복지를 논할 수 없는 단계에까지 와있을 정도다. 문제는 인터넷을 통한 각종 기술이 향상됨으로 발생하는 대량 실업사태라고 한다. 기계가 모든 일을 하고 있으니 인간이 이에 관여할 수도 관여해서도 안 되는 세상이 오지 말라는 법이 없는 것이다.

이에 이르러 나 또한 앞으로 인터넷 없이도 살 수 있겠는가를 생각해 본다. 결과로는 인터넷을 지배하면서 살아야겠다는 결심이나 인터넷을 믿고 의지하려고 했던 내 모습이 들통이 난지라 이미 인터넷노예의 신분이 되었음을 고백하지 않을 수 없다.

깡통따개

       요즘에 와서 컨디션이 계속 좋지 않다. 몹시 아픈 것도 아니고 그렇다고 아프지 않은 것도 아니다. 그렇다고 무슨 큰일을 하고 있기 때문도 아니다. 몸살 끼 같은 것이라고 할까? 그러니 잠을 설치게 되고, 그러니 밥맛도 없고, 그러다 보니 약을 찾아서 자꾸 먹게 된다. 아이 구구 소리가 절로 난다.

       "아이 구구!" 이는 내가 콘도관리실에 내려가서 이달 치 집세를 내고 와서 하는 소리였다. 오늘도 그랬다. 엘리베이터를 타고 다녀온 잠깐 사이였음에도 몸이 쑤시고 아팠다. 그런 나를 남편은 쳐다보지도 않는다. 아이 구구 소리를 자주 하다 보니 의례 그러려니 하고 관심도 두지 않는다. 자리에 털썩 주저앉으면서 독백처럼 중얼거렸다.

       "나도 이제 늙었나 봐! 거울을 봤는데 키가 한 뼘이나 줄어든 것 같네!" 그런데 이내 반응이 왔다.

       "다 나이 들면 그런 거지 뭐! 그러니까 허리 펴고 똑바로 걸어 다녀요!" 엄한 남편의 소리였다.

       그럴 수가? 위로는 못 해줄망정 핀잔이라니. 그럴 수는 없는 일이었다. "내 나이가 몇인데!" 나는 또 중얼거렸다.

       아무리 생각해도 다른 이유는 없고 스트레스를 많이 받았기 때문에 생긴 병 같았다. 기도에 응답이 없을 때, 선교지의 사역자들과 소통이 잘 안 될 때, 선교후원을 중단한다는 통보를 받았을 때 등등, 그것 말고는 다른 이유가 없는 것이다. 기도의 응답이 없을 때나 사역자들과의 문제는 더 기도하라는 주님의 뜻으로 알고 기도하면 되지만 선교후원을 중단한다는 통보를 받았을 때는 상심까지는 아니라 해도 기도조차 잘되지 않는다.

얼마 전에 받은 선교중단통보에는 다음과 같은 이유도 있었다. "저희 교회의 선교정책과 위반되는 선교사님들에게는 앞으로 허입(許入)과 선교비 등을 중단하기로 하였습니다."라는 가슴에 못을 박으면서 끝내는 그런 통보였다. 그래서 어느 선교사가 열을 받은 나머지 항의성 메일을 보냈는데, "도대체 그 교회의 선교정책이 어떤 것인가? 내가 무엇을 위반했단 말인가?" 하는 내용이었다.

파송교회라면 몰라도 협력교회가 선교정책 운운하는 것은 맞지 않는 말이다. 선교정책이라는 것은 그것이 어떤 정책이든 간에 복음정책일 것이니 선교사가 복음정책을 위반했다고 하면서 후원을 중단하는 것은 이치에 맞지 않는 말이다. 차라리 "교회 형편상 일시 후원을 중지합니다."라고 하였다면 항의 같은 것은 없었을 것이 아닌가 한다.

사도바울이 말했다. "그러면 무엇이냐. 겉치레로 하나 참으로 하나 무슨 방도로 하든지 전파되는 것은 그리스도니 이로써 나는 기뻐하고 기뻐하노라(빌1:18)."

그런데 더 스트레스를 받게 하는 것은 선교후원을 열심히 하면서 사사건건 트집을 잡는 경우다. 선교지 상황은 고려하지도 않고 교회의 주장만을 내세우는 것이다. 이해할 수 없는 것은 단기선교를 나와서도

"선교는 선교사님이 하는 것이고 우리를 고생시키지 마시오!"하는 경우가 있는가 하면, 본인은 영어 한마디 할 줄 모르면서 "통역이 그게 뭐요." 하고 윽박지르는 경우도 있다. 그때마다 웃음으로 넘어가곤 하지만 그런 날 밤에는 언제나 끙끙 앓게 됨을 고백하지 않을 수 없다.

나이 40대에 선교사로 파송되어 나온 나였다. 파송되어 나온 지 거의 30년이 되었으니 상늙은이인 셈인데, 그 어간에 받은 스트레스가 얼마나 되겠는가? 그런데 요즈음에 와서 스트레스는 받되 그것을 해소하지 못하고 있음은 분명한 일이다. 어디 젊었을 때는 그렇기나 할까 해서이다. 그래서 불만이고 그래서 스트레스를 받고 몸살까지 앓게 되느니, 어쨌든 선교사와 후원교회는 갑(甲)과 을(乙)이라는 생각을 부인할 수 없게 된다. 그래서 사전을 들추어보았다. '갑질(甲質)'이라는 단어가 있는가 해서였다. 신조어라 있을 리가 없었다. 인터넷도 검색해보았으나 그도 없었다. 그런데 전혀 없는 것은 아니었고 유사단어 검색결과로 보여 준 '갑질'은 '깡통따개(Can Opener)'로 나타나 있었다. 웃음이 나왔다. 여기서 깡통따개는 후원교회라는 생각, 깡통은 선교사라는 생각을 하게 되니 절로 우스웠고, 갑이 갑질을 해도 을이 아주 손해를 보는 것도 아니로구나 하였다. 상부상조하게 되니 그보다 더 이상적인 협력관계도 없는 깡통따개의 원리다. 그런 면에서 보면 언제나 을이 옳고 갑이 손해가 되는 것이다. "할렐루야! 노력은 하되 소득이 없는 깡통따개를 긍휼히 여기소서! 갑질을 계속할 수 있게 하시옵소서!"라고 하였다.

개가 짖어도 기차는 달린다

　　나이 칠십을 넘고 보니 자주 옛날 생각을 하게 된다. "젊은이는 꿈을 먹고 살고 늙은이는 추억을 먹고 산다"고 하였던가! 그 말이 이즈음에 와서 진리의 말씀처럼 느껴진다. 남편과 같이 있으면 지나온 세월의 우여곡절 또한 아름다웠던 추억으로 회상하게 된다는 것이다.

　　결혼생활 50주년이요, 선교사생활 30주년을 맞이하게 된 시점이다. 그동안 하나님께서 축복해 주신 은혜와 축복은 말할 나위도 없거니와 그러면서도 아직도 다 이루지 못한 꿈이 있고 여한이 있는 것을 생각하면 "그래, 인생은 이제부터야!"하고, 100세 시대의 꿈을 새롭게 설계해 보기도 한다는 사실이다.

　　지난 세월, 결혼생활은 순탄하였다. 결혼생활 7년 만에 2남 2녀를 낳았고, 그림 같은 이층집에서 화초를 가꾸고 수석을 완상하면서 살게 되었다. 그러나 그것도 잠시, 아이들 아빠가 운영하던 잡지사는 신군부가 자행한 언론 통폐합으로 파산되자 알거지가 되어서 길거리에 나앉게 되었다. 그러나 위기가 기회일 줄이야! 좌절하지 않았고, 그것을 계기로 또 다른 인생의 길을 개척할 계획을 세웠다. 여태까지는 우리 자신의 영달을 위해서 살았지만, 앞으로는 남을 위해서 살자고 합의한 후 아이들 아빠는 신학대학원에 들어가 공부한 후에 목사가 되었고, 나 또한 신학대학원에 들어가 공부한 후에 선교사가 되어 오늘에 이르게 된 사실이다. 오랜 세월이 흘러간 후 이즈음에 남편이 자주 하는 말은 "그래도 전두환에게 감사해야지. 전두환이 잡지사를 없애주지 않았으면 우리가 어떻게 성직자가 될 수 있었겠어?!"였다.

선교사생활도 순탄하였다. 보수 정통으로 여성의 참여를 원천 봉쇄해 왔던 교단의 심방전도사였으나, 나는 금녀(禁女)의 벽을 헐고 총회 파송 여성선교사 1호가 되었으며 승승장구, 주님 인도하시는 가운데 교육사역, 부족사역, 낙도사역, 교회개척사역, 성전건축사역 등, 여러 분야에 걸친 사역을 성공적으로 수행할 수 있었다는 증언이다. 가시적으로는 목회자 20명을 배출하였으며, 유치원설립 11개 유치원, 교회개척 55개 교회, 성전건축 71개 교회의 성전을 건축하여 봉헌할 수 있게 되었다. 그렇다고 선교사역을 수행하면서 인간적으로 아무 문제가 없었다는 말은 아니다. 호사다마(好事多魔)라고 할까? 누워서 침 뱉기지만, 예를 들면 다음과 같은 일들이다.

군포에서 목회 활동을 하면서 우리를 후원하던 민 전도사라는 여자전도사가 있었다. 그녀는 기도대장이었다. 올 때마다 선물 보따리를 바라 바리 싸 들고 와서는 선교지 성도들에 기쁨을 안겨주는 것은 기본이었다. 그런데 어느 날 갑자기 나를 불러 세우고는 이렇게 말했다. "백 선교사, 인제 그만 선교를 접고 귀국하세요. 기도 중에 백 선교사 이제 선교 그만하고 귀국하게 함이 마땅하도다."하는 하나님의 음성을 들었습니다. 그리 알고 이제 귀국할 채비하세요."라고 하였다. 물론 나는 그 말을 듣지 않았다. 그런 말씀이라면 하나님이 내게 직접 말씀하실 것이지 왜 다른 사람을 통해서였을까 라는 엇나가는 마음이었다. 그러나 어려움을 당할 때마다 생각나게 하는 말은 그 말이다. 나 같이 부족한 여자선교사라면 진작 그 말씀을 들었어야 하지 않았을까 하는 생각이다. 그 말을 듣지 않았음으로써 그 여자전도사는 그 후로 우리의 선교지에 발을 들여놓지 않았다.

이런 사람도 있었다. 인천 모처에서 목회를 하는 장 아무개라는 중형교회의 목사였다. 부흥목사라 대접만 받아서 그랬던 것일까? 인솔하고 온 성도들 때문이었을까? 단기선교로 와서 명령조로 서슬이 시퍼렇게 한 말은 "선교는 선교사님이 하시는 것이고, 우리를 고생시키지 마시오!"였다. 모기가 들끓는 원주민 집에서는 잘 수 없다. 숙식은 호텔에서 해야 한다. 등등, 책정된 행사비도 주지 않았고 요구조건만을 쏟아내었다. 그러면서 선교일정까지 마음대로 변경하는 것이었다. 한두 번이 아니었고 올 때마다 그랬다. 그래도 나는 참았어야 했는데, 그래서는 안 되었는데, 나는 어느 날 "목사님, 다음부터는 우리 선교지에 오지 마세요!"라고 해버렸다. 그래서 선교후원이 끊어져 버렸다.

지난 50년의 결혼생활과 선교사생활 30년을 회고해 보면, 우여곡절도 많았을 터인데 그 많은 세월을 어떻게 헤쳐 나와서 오늘에 이르렀는지 기특해지는 마음이다. 무엇보다 큰 힘은 능하게 하시는 하나님의 은혜이지만, 이런저런 눈치 볼 것도 없이 독하게 잘도 버텨왔다는 생각이다. 할렐루야!

심방 같은 것은 하지 마세요

　　교회 전도사로 시무하고 있을 때 일이다. 내가 주로 하던 직무는 심방이었는데, 문제가 있다 싶은 성도들의 집을 방문하여 예배를 드린 후 상담을 하고 기도로 위로해 주곤 하는 일이었다. 대개는 목사님과 함께하였으나 목사님이 안 계실 때는 혼자서 갈 때도 있었다. 그러던 어느 날 아침이었다. 담임목사님이 늦게 출근하여서 단독으로 심방을 하게 되었는데, 문제는 심방을 하고 돌아왔을 때의 일이었다.

　　목사님이 대뜸 호통을 쳤다. "누구 마음대로 심방을 하고 다니는 것이요?" 서슬이 시퍼런 호통에 당황한 나는 "심방대원들도 와 있었고, 목사님과는 연락이 안 되어서 그렇게 되었습니다."라고 무조건 사과하였다. 그리고는 설명하기를 "아픈 사람이 있으니 빨리 와서 기도해 주었으면 좋겠다고 해서 그랬습니다." 그랬더니, 대뜸 "아픈 사람이 있으면 교회로 오라고 해야지. 전도사가 쪼르륵 달려갑니까? 앞으로는 데리고 오라고 하세요. 교회로 말입니다."라고 역정을 내었다. 그 말을 듣는 순간 나는 내 귀를 의심하였다. 아픈 사람이 있으면 찾아갈 것이 아니라 교회로 찾아오게 해야 한다고?

　　그때 나는 신학교를 갓 졸업한 풋내기 전도사였다. 그러나 신학교를 늦게 다닌 탓에 40세 중반을 넘은 나이였다. 그 목사님이 나보다 연하인 때문도 있었겠지만, 그냥 넘어갈 일이 아니라는 생각에 "목사님, 그게 말이

됩니까? 심방을 마음대로 하지 말라! 아픈 사람이 있으면 가지 말고 그 사람이 교회에 오게 해야 한다니요? 참으로 대단한 목회철학입니다."라고 해버렸다. 그랬더니 그 목사님 당황해서 하신 말씀은 "내 목회방법은 말입니다. 교회가 성도를 찾아가는 것이 아니라, 성도들이 교회를 찾아오게 해야 한다는 말입니다. 그러니 심방 같은 것은 하지 마세요."였다.

그런데 그것은 그 목사님의 목회방법이라기보다는 그의 아버지 되는 노 목사님의 목회방법이었다. 그 아버지는 목사 겸 의사였는데, 처음에 교회를 개척하기로는 병원이었다. 주일마다 병원 거실에 의자를 들여놓고 예배를 드리곤 한 것이 교회의 시초가 되어 개척하게 된 것이었다. 예배에 참석하는 교인들은 그 병원 환자들이었고, 외부에서 오는 성도들 또한 과거 그 병원에서 치료를 받았거나 은혜를 받은 환자들이 대부분이었다. 그들은 당연히 병이 들었다든가 문제가 있을 시에는 병원(교회)으로 찾아오곤 하였다. 찾아와서 치료를 받았고 상담을 하면서 신앙생활을 계속하였다. 심방 같은 것은 없었다. 그래서 노 목사님이 언제나 말했다고 한다. "전도는 나가서 한다고 되는 것이 아니다. 하나님이 구원하시기로 작정한 영혼들은 자기들이 알아서 찾아오게 되느니라!" 그것을 보고 듣고 교육을 받으면서 자란 아들 목사님이었다.

그런 일이 있고 난 뒤 나는 사표를 내고 그 교회를 나오게 되었다. 그 아들 목사님이 가전(家傳)의 목회방법을 고수함으로 계속 알력이 있었기 때문이다. 지금도 동의할 수 없는 전도방법이요, 목회방법이 아닐 수 없다. 성경 어디를 읽어봐도 "심방을 가지 말라. 불러들여야 한다!"라는 구절은 없다. 예수께서 말씀하셨다. "그러므로 너희는

가서 모든 족속으로 제자를 삼아 아버지와 아들과 성령의 이름으로 세례를 주고 내가 너희에게 분부한 모든 것을 가르쳐 지키게 하라(마 28:29~30)." 또 말씀하셨다. "오직 성령이 너희에게 임하시면 너희가 권능을 받고 예루살렘과 유대와 사마리아와 땅끝까지 이르러 내 증인이 되리라하시니라(행1:8)."

여기서 예수께서 말씀하신 골자는 무엇이며, 크리스천들에게 부과된 사명이 무엇인가를 생각해보지 않을 수 없다. 첫번째로는 "가라!"고 하셨다. 두번째로는 "제자 삼아라!"고 하셨다. 세번째로는 "세례를 줘라!"고 하셨다. 네번째로는 "가르쳐 지키게 하라!"고 하셨다. 다섯번째로는 "내 증인이 되라!"고 하셨다. 이상 살펴본 바가 바로 크리스천들이 수행해야 할 부과된 사명인데, 그 여러 항목 중에서 우선해야 할 것은 단연코 "가라!"고 하시는 말씀이었다.

사람들을 교회로 불러들이는 일은 물론 중요한 일이다. 그러나 가만히 앉아서 불러들이는 것은 아니다. 마찬가지로 우리가 선교사역을 수행함에서도 우선적으로 수행해야 할 사항은 무엇보다 먼저 "가야 한다"는 것이 된다. 즉 찾아가서 죽어가는 영혼들에게 먼저 복음을 전하는 것이 급선무라는 것이다. 따라서 제자로 삼고, 세례를 주고, 가르쳐 지키게 하는 교육사역 등은 후순위 사역이 되는 것이다. 그렇다면 그와는 반대로 심방(개척)은 하지 않고 가만히 앉아서 하는 선교사역도 있는가 하는 점이다. 이에 선교센터의 사역이 바로 그런 유형의 사역이 아니겠는가 하면서, 이 문제는 다른 글에서 '선교센터 무용론'이라는 이름으로 다루고자 한다.

새벽을 달리며

　　서류함을 정리하다가 발송하지 못한 '선교편지' 몇 장을 발견하였다. 이는 선교사로 파송되어 처음으로 시작한 교회 유치원 사역에 대한 것이었는데, 30년 전에 작성했던 '선교편지'의 내용은 다음과 같았다.

　한국 시각으로는 첫 새벽인 다섯 시에 집을 나섭니다. 필리핀에 선교사로 파송된 후 처음 사역으로 시작한 교회 유치원으로 출근하기 위해서입니다. 출발은 언제나 미드타운(506 Midtown, U.N. Ave., Paco, Manila), 현재 우리가 살고 있는 집부터입니다. 케이크 한 조각과 커피 한 잔으로 아침을 대신하고 현관문을 나설 때면 고요한 마닐라의 아침 향기가 무엇보다 정신을 맑게 하고 가슴까지 설레게 만듭니다.

　길을 나서면 바로 집 앞인 U.N.아베뉴에서 버스를 탑니다. 한 30분 달려서 내릴 때는 1페소 50센타보의 차비를 내고 내리고, 메트로 마닐라 시티홀 앞 건너편에서 페어비유로 가는 버스를 갈아타고 가야 하는데, 버스 편이 드물어 지프니를 타고 갈 때가 더 많습니다. 지프니가 내뿜은 매연 속에서 호흡이 막히는 듯한 것은 참을 수 있으나, 그 지프니라는 것은 일정한 정류장이 없어서 아무 곳에서나 손님을 제멋대로 태우고 내리게 하는 데는 언제나 짜증 직전입니다. 인원제한은 없습니다. 자리를 비집고 앉아야 하기 때문에 내릴 때는 온몸이 땀에 젖고 욱신거리기조차 합니다. 지프니 안팎은 언제나 그렇게 매연과 무질서의 세계입니다.

우리 집에서 교회 유치원까지 가는 도로명을 열거해보면, U.N.아베뉴-시티 홀-끼야뽀-U.S.T.-웰컴 타운-산타도밍고-빤뜨랑꼬-텔타-파식하이웨이-U.P.타운-땅땅소라-잉글레시아교회-몬테소리-케손시티홀까지인데, 일단 거기까지의 지프니 차비는 6페소입니다. 그런 다음 큰길을 건너 트라이시클을 타고 동네 안에 있는 교회 유치원까지 가게 됩니다. 그러나 나는 거기서 트라이시클을 타지 않습니다. 이미 교회가 있는 동네까지 왔으므로 감사 찬송을 부르면서 걸어가는 것을 더 좋아합니다.

그 동네가 바로 빌라베아트리체라는 동네입니다. 그때쯤이면 수업시간이 거의 다 되었으므로 유치원에 다니고 있는 아이들도 길거리에서 자주 만나게 되는데, 우리가 무료로 제공한 유치원 유니폼을 입은 아이들이 인사를 하면서 달려오면 기분이 그렇게 좋을 수 없습니다.

수업 시작은 아침 7시 30분부터입니다. 개설한 유치원은 두 클래스에 인원이 각각 30명입니다. 공부를 시작하기 전에는 반대표 자모들과 같이 청소부터 합니다. 아이들은 청소가 다 끝날 때까지 밖에서 대기하고 있다가 청소가 끝나면 나중에 들어오게 되는데, 아이들을 두 줄로 세워놓고 멘시(Miss. Mency) 선생님이 먼저 기도부터 합니다. 자모들과 아이들이 함께 기도를 드리고 있는 모습을 볼 때는 이곳이 정말 참 아름다운 주님의 세계가 아닌가 하는 기뻐하는 마음입니다.

첫 클래스 공부시간은 오전 7시 30분~9시 30분까지고, 두 번째 클래스 시간은 오전 9시 30분~11시 30분까지입니다. 공부시간 중간에는 아이들에게 매일 한 번씩 간식을 나누어줍니다. 아직은 제가 간식을 전부 책임질 수가 없어서 각자 집에서 준비해 오는 것으로 대신하고 있습니다.

먹여주는 것은 물론 중요합니다. 그래서 먹여줄 수 있는 재원 마련을 위해서도 기도하게 됩니다. 그러나 영의 양식을 어떻게 더 잘 먹여줘야 하나 하고 기도하면서 사역에 임하고 있음은 말할 필요도 없는 일입니다. 그래서 멘시 선생님에게 말했습니다. 기독교교육과 일반교육의 특성을 살려서 어느 한 편으로 치우침 없이 잘 가르쳐달라고 하였습니다. 주님의 은혜 안에서 말입니다.

그렇게 선생님의 지도와 자모들의 협조로 수업을 마치는 시간은 11시 30~40분경이 됩니다. 별다른 일이 없으면 1시경에 유치원 문을 닫고 집으로 향하게 되는데, 유치원 안에서 선풍기도 없이 장장 4시간 동안 흘린 땀에 지쳐서 마을을 빠져나올 때는 걷지 않고 트라이시클을 타곤 합니다. 여럿이 타면 트라이시클 차비는 3페소입니다. 3페소를 주고 큰길에 나와서 갈 때와는 반대편의 지프니를 탑니다. 그렇게 오가는 사역을 매일 반복적으로 하는 것이 요즈음의 사역입니다.

저는 아무 힘도 없지만, 주님 주시는 능력 안에서 우선 유치원 사역부터 시작하고 있는 것입니다. 유치원 사역이 제 궤도에 오르면 초신자를 위한 성경학교도 시작하려고 합니다. 주님께서 축복해주실 것을 믿습니다. OOO교회 목사님! 세계선교의 지도를 그리면서 가고 있는 저의 선교 비전과 사역을 위해서 계속 기도하여 주시기를 간절히 부탁드립니다.

신입선교사의 마닐라통신

-남편인 아빠에게

1) 1992년 2월 12일

새벽입니다. 선교의 사명을 띠고 마닐라에 도착한 지 이틀째 되는 날 새벽 오전 다섯 시, 누가 깨운 것도 아닌데 저절로 잠이 깨었습니다. 새벽빛조차 낯설어서 당황해지는 마음인데, 오늘부터는 무엇을 어떻게 해야 되느냐고 한동안은 멍하니 앉아 있었습니다. 각오는 하고 있었지만, 남편인 아빠와 사랑하는 아이들을 떼어놓고 나 혼자 불쑥 이곳으로 달려왔으니 이것이 과연 옳은 일인가 하는 자책하는 마음이기도 했습니다.

잠을 깨어서 처음으로 생각한 것은 "미안하고 죄송하구나!" 하는 그런 생각이었고, 처음으로 드린 기도는 "감사합니다. 나같이 부족한 사람을 세워주시고 들어 쓰시려고 이곳까지 보내주었으니 너무나 감사합니다!"였습니다. 열심히 하겠습니다. 매일매일 열매 맺는 생활을 하겠습니다.

내가 마닐라공항에 도착한 것은 어젯밤 10시 55분이었는데, 유병순 선교사가 픽업을 나왔고, 집에 도착한 시간은 11시 30분이었습니다. 0시 30분에 잠자리에 들었으나, 유 선교사의 남편인 고 집사와 그분의 친구가 귀국해야 하는 날이 도착 다음 날이었기에 첫날밤은 잠을 자는 둥 마는 둥 새벽 5시 30분에 일어나지 않으면 안 되었습니다. 그래서 어제는 아무것도 못 하고 피곤한 상태로 온종일 집 안에만 있었습니다. 앞으로 하루나 이틀은 더 쉬면서 선교에 대한 세부계획을 다시 검토한 후 사역에의 첫발을 내딛고자 합니다. 창밖을 미미하게 비치는 여명을 바라보면서….

2) 1992년 3월 1일

어스름이 짙어지는 남국의 하늘 아래서 아빠에게 아뢰지 못한 사연을 띄웁니다. 아빠 곁을 떠나온 지 어언 20일의 세월인데, 그동안 많은 발걸음을 옮겨 보았습니다. 여러 사람을 만나보았고, 길거리도 익힐 겸 마닐라의 여러 거리를 겁먹은 표정을 지으면서 쏘다녔습니다. 주님의 명령 따라 당당히 걷는 걸음이었지만, 낯선 땅 위에서 소침해지기만 하였다는 고백입니다. 저의 앞날을 위해서 많은 기도 부탁드립니다.

버스나 지프니를 타고 내릴 때, 이런저런 사람들을 만나야 할 때, 제일 중요한 것이 말인데…. 잘 돌아가지 않는 입술과 혀, 귀에 들어오지 않는 언어들, 심지어는 행선지를 착각하여서 엉뚱한 차를 타고 다닌 일 등등 …. 고생한 것은 말할 수도 없었지만, 그러나 배운다는 자세로 다니니 고생은 오히려 즐거움이 되고 있었답니다. 그러나 선교사에게 제일 중요한 것은 역시 언어라는 사실입니다. 그래서 오늘은 낮살 유니버시티에 가서 랭기지스쿨에 등록을 하였습니다. 해당 국가의 언어를 마스터하지 못하고 서둘러 나온 것이 후회됩니다. 나이 40을 지나서 늦깎이 선교사로 나온 나를 주님은 그래도 잘했다 칭찬해 주시겠지요? 주여!

3) 1992년 5월 22일

온종일 비가 내리고 있어서 제법 시원한 날씨입니다. 그러나 그사이 필리핀 체질이 되어버렸는지 종일 에어컨을 틀어놓고 지내곤 합니다. 그렇게 지낸 세월이 벌써 두 달째입니다. 돌이켜보면 하는 일 없이 바빴고, 성과도 내지 못한 허둥대면서 지낸 시간이었다는 사실뿐입니다. 아빠는 서두르지 말고 천천히 준비하면서 가라고 하였지만, 어떻게 영어 공부만 하고 있겠어요? 처음 2년 동안은 현지어 습득만을 위해 공부하는 것이 우선이라고 하였지만, 세월만 허송하고 있는 것 같아서 드리는 말씀입니다.

지난 5월 14일에는 가비떼라는 데를 가서 월드미션의 대표인 김영이라는 목사님을 만나보았습니다. 열네 명의 대원과 함께 단기선교를 왔는데 "사랑으로 하나다"라는 주제를 걸고 세미나를 하고 있었습니다. 그런데 자꾸 거부감이 일어나서 인사치레만 하고 집으로 돌아와 버렸습니다. 왜냐하면, 그 목사님과 같이 온 대학생들이 모두 휴학계를 내고 장기간 따라다닌다는 것이 정상처럼 느껴지지 않은 이유도 있었지만, 그들 모두를 안수 위원으로 세워서 이 사람 저 사람 안수하고 다니게 한다는 사실이 꺼림직했기 때문입니다.

지광남 목사님이라는 분도 만나보았습니다. 그분은 마닐라에서 10여 년간 성공적으로 선교하고 있었는데, 대학생선교에 대한 나의 비전을 말씀드렸더니 같은 비전을 가지고 있는 선교사를 소개해 주었고, 기타

선교에 필요한 많은 정보를 제공해 주었습니다. 앞으로는 선배선교사들을 많이 찾아뵙고 지도와 조언을 받는 것도 중요한 일이라는 생각입니다. 제가 정착하는 데 도움을 준 유병순 선교사와 홍운 목사님과는 자주 연락을 취하면서 지내고 있습니다. 할렐루야!

선교지에서 띄우는 편지

1) 사랑하는 딸에게

−선교정탐 후기

첫번째 편지: 엄마는 지난 밤 미명이 사그라져가는 아침까지 한잠도 못 자고 날을 밝혔단다. 웬일인지 벅차오르는 마음으로 그려보는 감격스러운 이상과 꿈과 설계 때문이었겠지. 선교 정탐을 위해서 마닐라에 체재하는 그동안 이 서방과 네가 마음을 다해 섬겨주었다는 뿌듯함이 아직도 가슴을 설레게 하는구나! 격의 없이 대해 주고 협력해 준 너희들의 모습 속에서 엄마는 앞으로 선교사로 파송 받고자 하는 일에 대해서 용기를 갖게 되었다고 말할 수 있겠구나!

수정아, 그러고 보니 엄마와 너희들은 다 같이 제2의 인생을 설계하는 중이라는 사실을 새삼스럽게 깨닫게 된다. 나는 신학교를 졸업한 후에 대형교회 전도사로 시무하고 있었으나, 선교사라는 대망의 꿈을 안고 필리핀이라는 나라를 드나들고 있고 너희들은 대학을 졸업하였으나 이에 만족하지 않고, 필리핀에 와서 또 땀 흘리면서 공부하고 있으니 말이다.

수정아, 유학생활 내내 이 서방에게도 지혜롭고 능력 있는 아내, 상냥한 미소와 함께 예쁘게 보일 수 있는 아내이기를 기도드린다. 이 서방은 네가 사회를 너무 모르는 온실 안의 꽃 같다고 말하지만, 엄마는 수정이의 외유내강의 굳건함을 굳게 있단다. 또한, 앞으로 엄마가 선교사로 파송을 받으면 나를 위해서도 선교의 튼튼한 울타리가 되어 줄 것을 굳게 믿는 바이다. 어떤 어려움이 있어도 초지일관하고 목표를 향해 전진해가는 우리가 모두 되기를 위해서 기도드린다.

1990년 4월 4일 엄마 씀.

두번째 편지: 네 곁을 떠나서 귀국한 지도 벌써 보름째를 맞이하고 있구나! 그동안도 주님의 은혜로 이 서방과 함께 잘 지내고 있는지 이 걱정, 저 걱정, 왠지 네 곁에 내가 없으면 안 될 것 같은 안타까운 마음이구나!

이 서방이 너를 어린애를 다루듯이 감싸고도는 것이 때로는 눈에 거슬리기도 하다만 원앙 같은 모습으로 서로를 위하는 모습을 보면서 앞으로 너희들이 헤쳐가야 유학생활도 안심되는 마음이다. 교회와 학교, 집만을 오가며 자라온 너를 때로는 귀가시간이 늦었다고 야단도 쳤다마는 아직도 네가 어린아이만 같아서 밥은 잘 먹는지, 공부는 잘하는지, 어디 아픈 데는 없는지…. 그리하지 않으려고 해도 괜한 걱정이 태산이구나!

수정아, 그래서 엄마는 이런 감사기도까지도 하게 된단다. 여자로, 온실 속의 꽃처럼 잘 자라준 것에 감사하고, 내 딸을 여러 사람이 아껴주는 사랑받는 여자로 키운 것에 자부심을 가져본단다. 사람들이 서로 순전한 마음으로 사랑하면서 목표를 향해서 달려갈 때 그보다 더 큰 축복이 어디 있겠느냐? 사랑하는 자들아 우리가 서로 사랑하자. 사랑은 하나님께 속한 것이니 사랑하는 자마다 하나님께로 나서 하나님을 알고 사랑하지 아니하는 자는 하나님을 알지 못하나니 이는 하나님은 사랑이심이라. 우리 수정이도 요한일서 4:7~8의 말씀처럼 그렇게 하나님과 사람들에게 사랑받는 여자로만 존재하면서 계속 살게 되기를 위해서 기도드린다. 1991년 8월 4일 엄마 씀.

2) 사랑하는 아들 귀석에게

네번째 편지: 귀석아, 입영의 소식을 들었다. 상아탑의 어엿한 일원이던 네가 이제 국가의 부름을 받고 입대하게 되었다니 엄마는 진심으로 축하하지 않을 수 없구나! 지금까지는 귀석이가 성장하면서 현실에 대한 적응과 미래에 대한 비전을 가지면서 차차 한 사람의 성인으로 커가는 데에만 감사하게 생각하였는데, 이제부터는 가정과 개인의 안위를 넘어 국가의 간성으로 부름을 받았으니 자랑스럽기만 하는구나!

인간으로서 자기의 삶은 물론 중요하다. 그러나 거시적으로 보면 자기 혼자서는 살 수 없는 세상임을 알아야 한다. 서로 돕고 의지하면서 사는 것이 인생인데, 그중에 제일 중요한 것이 국가관이요, 국가에 대한 책임이 아니겠느냐?

세상 사람들이 흔히 말할 때 군인과 사람이라고 말한다. 똑같은 사람인데 왜 구분될까? 사회 속의 사람과 군인은 분리된 삶의 목표를 가진 것이다. "세계는 넓고 할 일은 많다"는 말이 있듯이 귀석이의 세계 또한 넓고 할 일이 많을 것이니 국가와 민족이 필요로 하는 아들, 타의 모범이 되는 아들이 되기를 무릎 꿇고 간절히 기도드린다.

"오직 여호와를 앙망하는 자는 새 힘을 얻으리니 독수리의 날개 치며 올라감 같을 것이요 달음박하여도 곤비치 아니하겠고 걸어가도 피곤치 아니하리라(이사야40:31)."

1993년 9월 4일 마닐라에서 엄마 씀.

속/선교지에서 띄우는 편지

1) 사랑하는 둘째 딸 아란에게

첫번째 편지: 밤 11시, 창밖으로 쏟아지는 빗줄기가 양동이로 물을 퍼붓듯이 쏟아지고 있는 이 시간, 한국으로 말하자면 한 시간이 빠른 자정일 것이니 이미 잠자리에 들었을 시간이로구나! 아니면, 오늘도 밤을 새울 작정으로 책상 앞에 앉아서 졸린 눈 비비면서 무리하게 공부를 하는 것은 아닌지 궁금하구나!

헤아려보니, 대입을 위해서 재수를 하는 네 수고가 정말 보통이 아니라는 생각이고, 엄마로서 조금도 도움을 주지 못하고 있는 내가 원망스럽기도 하는구나! 학원에서 공부를 마치고 집으로 돌아올 시간은 밤길일 텐데, 마중도 못 나가고 있는 엄마는 재수생 엄마로서는 정말 자격이 없다고 해야겠지? 그러나 믿음이 독실하신 할머니가 네 곁을 지키면서 항상 기도하고 있을 뿐만 아니라 네게 수종을 들 듯하고 있으니 엄마는 심정적으로 안심이고, 하나님께서 네 길을 반드시 평탄케 해 주실 것을 믿어 의심치 않고 있단다.

이사야 30장 15절에 "여호와께서 기다리시나니 이는 너희에게 은혜를 베풀려하심이요 일어나시리니 이는 너희를 긍휼히 여기려 하심이라 대저 여호와는 공의의 하나님이시라 무릇 그를 기다리는 자는 복이 있도다."라고 하셨으니, 강하고 담대하여라. 확신을 가지고 열심히 공부하여라.

여기 나와서 공부를 하고 있는 유학생들을 보면서 느끼는 것은 어떤 경우에 처해 있든지 노력한 만큼 열매를 거둔다는 사실이고 따라서 학업의 길, 그리고 인생길이 결정된다는 사실이다. 이를 보고 느끼고 있는 엄마도 늦깎이 선교사로 나와서 이곳에서 일하고 있는 동안 보는 것, 듣는 것, 말하는 것 모두가 뜻대로 되지 않아서 짜증이 나지만, 위로의 하나님께서는 이 나이의 엄마도 계속 연단시켜 주시는 것으로 알아 나 또한 연단 후에는 정금으로 나올 것을 믿어 의심치 않고 있단다.

아란아, 열심히 공부하되 무리하지는 말아라. 하루 세끼 밥 꼬박꼬박 챙겨 먹고, 아프면 빨리 병원에 가서 약 타다 먹고, 주일날이면 꼭 교회에 가서 예배드리고, 우리 앞에 놓인 난관을 돌파해서 최종적으로 승리를 쟁취하는 우리 모두가 되도록 이 밤도 무릎 꿇고 기도드린다.

1992년 3월 1일 마닐라에서 엄마 씀.

2) 사랑하는 막둥이 아들 진석에게

첫번째 편지: 비는 왜 이렇게 자주 내리고 있는지. 폭포처럼 쏟아지는 빗소리를 들으면서 이 글을 적는다. 글을 쓰려고 하니 엄마는 또 눈물이 나는 것을 겨우 참으면서 쓰고 있다고 적어야겠지. 그간도 유

학생활에 얼마나 고생이 많으냐? "비행기 표만 한 장 사주세요!"라고 말했었고, 그렇게 일본에 가서 신문 배달을 하면서 공부를 하고 있는 너를 생각하면 눈물부터 앞선단다.

너도 알다시피, 네가 일본 유학을 떠난 해가 바로 아빠가 직장에서 은퇴한 해가 아니었겠니. 이해는 하고 있을 것이다마는 그래서 후원도 제대로 못 해주었고, 그 후에 엄마는 선교의 사명을 띠고 이곳 필리핀 이라는 나라에 오게 되었으니 너를 버려두고 온 것 같아서 가슴이 쓰리단다. 더욱 가슴이 아픈 것은 엄마가 여기 선교지에 장기간 나와 있는 동안에 네가 고등학교를 졸업하였고, 또 대학교를 졸업할 때에 엄마로서 한 번도 참석하지 못했으니 미안한 것뿐이고, 늦게나마 용서를 구하고 싶구나!

요즈음은 마트에 가서 심부름하면서 학비를 벌고 있다고 하였지? 그 소식을 들을 때 대견하기도 하였다마는 한 발 한 발 앞으로 나가고 있는 너의 결단과 실천에 엄마는 오히려 감사하는 마음이 된단다. 고생은 사서 한다는 말도 있으니 참고 견디면서 공부한다면 미구에 아름다운 열매를 거두게 될 것이기에 모든 것을 감사로 받아들여라.

엄마는 여기 필리핀에서 잘 지내고 있다. 언어를 마스터하지 못하고 나온 것이 큰 실책이었지만, 열심히 공부한 결과 이제는 어느 정도 필리핀인들과의 대화도 가능하고 해서 자신감을 느끼고 살고 있단다.

엄마로서 스스로 하는 위로의 말이기는 하다만, 너희들 4남매를 남보다 더 잘 키우기 위하여 경제적인 어려움 속에서도 부모로서 나름대로 최선을 다하였다는 그 말 한마디만은 하고 싶구나! 물론 앞으로도 너희 네 자녀를 위해서 최선을 다할 것이기에 이 말을 하는 것이지만, 우리 모두의 앞날을 위해 혼자 남아서 뒤처리를 하는 아빠를 위해서도 기도를 드리자. 오늘도 기쁨이 넘치는 하루가 되기를 위해서 기도하면서.

1994년 7월 20일 마닐라에서 엄마 씀.

냉면 한 그릇

마카티 라세마 찜질방에 가서 냉면 한 그릇을 사 먹고 왔다. 이는 두 번째였다. 입에 달싹 붙어서 넘어가는 면발과 국물이 어찌나 그리 감칠나고 시원하였던지 아직도 소름이 돋아 있는 느낌이다. 예약하고 오지 않으면 차례가 올 때까지 문밖에서 한참을 기다려야 한단다. 그런데 오늘은 때를 잘 맞추어서 갔던지 운 좋게 가자마자 자리를 잡고 앉아서 면발을 마음껏 희롱할 수 있었다. 기이한 것은 맛집으로 소문이 나 있어서 그런지 한국 사람보다 필리핀 사람이 더 많이 앉아서 냉면을 먹고 있었다는 사실이다.

집으로 돌아오니 남편 목사께서 냉면 품평을 한다. 그러면서 추억담을 늘어놓는데, "냉면은 뭐니 뭐니 해도 사리원 냉면이 최고야!"라고 하였다. 나는 "평양냉면이나 함흥냉면이라면 몰라도 사리원 냉면이라는 것도 있었나요?" 하고 당연히 의문을 표시할 수밖에! 그랬더니 남편이 말했다. "사람들이 몰라서 그렇지, 평양냉면은 원래 맛이 밍밍하고 구수한 것이 특징이나 조미료 냉면이 되어버렸고, 함흥냉면은 원래 전분으로 만들었고 양념 고추장에 비벼서 땀을 뻘뻘 흘리면서 먹는 것이었으나 홍어회 무침을 빼버리면 함흥냉면은 여느 비빔냉면이나 마찬가지로 되어버렸단 말이오!"라고 평양냉면과 함흥냉면을 아예 평가 절하해 버리는 것이 아닌가!

"그러면 사리원 냉면은 평양냉면이나 함흥냉면이나 간에 무엇 특별히 다른 것이 있나요?" 궁금증에, 남편 목사가 말했다. "사리원 냉면은 말입니다. 한마디로 말하면 동치미 냉면입니다. 평양의 육수 면이나 함흥의 비빔면과는 처음부터 차원을 달리하는 냉면이지요."라고 하면서 몹시 으스대는 것이었다. "아니, 삼복 더위에 동치미는 또 무슨 엉뚱한 말이에요?" 그랬더니, "이 사람 보게, 냉면은 원래 겨울에 먹는 겨울 음식이야!" 하고 호통까지 치는 것이었다.

그랬다. 우리가 여름에 얼음을 넣고 시원히 먹고 있는 냉면은 여름 음식이 아니라 원래는 겨울에 먹는 겨울 음식이었던 것이다. 그러니까 냉면은 원래 추운 지역의 겨울 음식이었는데, 어찌어찌하다가 지금은 여름에 먹는 음식이 되어 버린 것이다. 다시 말하면, 냉면은 이북사람들이 즐겨 먹는 이북 음식이었다는 사실이다. 따라서 이남 지역에 냉면집이 생긴 것은 6·25전쟁 이후가 된다. 이북에서 피난 나온 사람들이 이곳저곳에 냉면집을 개장하였으니 평양냉면, 함흥냉면, 강서 면옥, 사리원 면옥이 모두 6.25 전쟁 이후 이북에 살던 사람들이 이남으로 피난 와서 세웠다는 사실은 문헌만 봐도 알 수 있는 일이다.

6·25 전쟁 전에 냉면집이 이북에만 있었다는 것은 냉면을 빚어서 만드는 재료와 무관하지 않다. 냉면의 주원료는 옛날부터 메밀이었고, 메밀은 강원도 이북 지방에서 주로 재배되었는데, 그 이북지역이 메밀을 재배하기에 적합한 환경을 갖고 있었다. 그래서 이북사람들은 옛날부터 메밀을 자료로 하여 냉면을 만들어 먹을 수 있었으나, 이남 사람들은

메밀이 없었기에 냉면을 만들어 먹을 줄을 몰랐다는 사실이다. 그래서 "냉면!" 하면 이북의 대표적인 음식이라는 사실을 알 수 있게 된다.

평양냉면은 메밀로 만들어서 면이 굵고 표면이 걸칠 뿐만 아니라 씹으면 면이 뚝뚝 끊어지는 것이 특징이다. 함흥냉면은 메밀에다가 전분을 섞어서 만들기 때문에 면발이 가는 대신 쫄깃한 것이 특징이다. 그런데 6·25 때는 함흥냉면이 쫄깃한 것이 아니었고 어찌나 질긴지 면발이 흡사 고무줄 같았다고 한다. 그것은 냉면의 주재료인 메밀을 이남에서는 거의 구하기가 어려웠기 때문이었다. 그래서 임시방편으로 전분만을 주재료로 냉면을 만들었는데, 그것이 이빨로는 도저히 끊을 수 없을 만큼 질겼고, 그 때문에 함흥냉면은 일단 입에 대면 끝까지 먹든가, 아니면 가위로 끊어가면서 먹게 되었다. 오늘날 냉면집에 가면 끊어서 잡수라고 통상적으로 가위를 내놓는 것을 볼 수 있는데, 냉면 가위는 그와 같은 역사를 가지고 있다.

"우리 통일이 되면 내 고향, 사리원에 한 번 가보도록 해요." 남편 목사가 향수에 젖어서 말을 이어갔다. "이북 땅에 여름이라고 해서 냉면이 전혀 없는 것은 아니나 냉면은 역시 겨울에 먹어야 제맛이 납니다. 살얼음을 걷어내고 떠온 동치미국물에 냉면을 말아먹을 사리원 냉면의 우수성이란 사골국물에 우려낸 평양냉면이나 홍어회 무침이나 다름없는 함흥냉면에 비할 바가 아니랍니다."

마침 오늘 아침 인터넷에는 이런 내용의 뉴스가 떠 있었다. —최근 철거와 관련해서 이슈가 되고 있는 세운 3구역은 철거를 유보하도록 한다. 그곳에 있는 을지면옥과 양미옥은 이북에서 온 실향민들이 많이 찾아오는 곳인데, 그 냉면집을 영구보존해서 후대에 길이 남겨야 할 유산으로 적시하는 바이다.

이 산지를 내게 주소서!

미주 대한신학대학에서 명예신학박사 학위증이 송달됐다. 이는 다른 것이 아니라 금년도에 내가 선교사로 파송되어 사역한 지 30년이 되는 해였으므로 말하자면, 그 공적을 위로하고 격려하는 의미에서 특별히 받게 된 것이었다. 학위증을 받고 보니 내가 과연 학위를 받을 만한 일을 했던가! 그럴만한 자격이 있는가 하고 나 자신을 다시 한 번 더 돌아보지 않을 수 없었다. 지난 세월 동안 산 넘고 물 건너 사역에 최선을 다하려고 노력한 것은 사실이나 아무래도 자격 미달이라는 생각에 죄송스러운 마음이었다.

그런데 명예박사학위를 청원한 사람은 다른 사람이 아니라 나의 남편 목사였다. 심사에 필요한 여러 자료를 첨부하였음은 물론 사유서까지 장황이 써서 청원하였다고 한다. 명예박사란 학위과정이나 논문작성과는 관계없이 수여하는 것이고 학술적인 업적의 인정이라기보다는 해당 분야에 대한 공헌을 고려하여 수여하는 것이기 때문에 남편이 제출한 나의 선교사생활 30년의 공적이 크게 어필된 모양이었다.

짜고 치는 고스톱 같아서 쑥스럽기는 하였지만 그렇다고 기쁜 마음이 전혀 없는 것은 아니었다. 대부분은 학교에 발전기금을 얼마 내는 것이 상례이나 그런 조건도 없었다. 그냥 가서 받기만 하는 되는 것이었다. 그래서 이를 통보받았을 때 비행기를 타고 LA로 달려가야 하리라는 마

음을 굳히기도 하였었다. 그러나 포기하였다. 학위수여식에 참석하기로
는 그 비용이 만만치 않았기 때문이다. 왕복 비행기 값이 100만 원이
넘었고, 코리아타운이 있는 싸구려 호텔도 1박에 250불이나 되어서 줄
잡아도 200만 원을 들고 가야 할 판이었다. 며칠 동안 주판을 퉁겼다.
그러다가 내린 결정은 박사학위를 받는다는 명목으로 비행기를 탄다는
것은 선교사의 양심으로는 도저히 용납할 수 없다는 결론이었다. 그래
서 불참을 통보하였고, 대단히 죄송하지만, 학위증을 우편으로 보내주
었으면 좋겠다는 메시지만을 달랑 보낸 바였다.

내가 받은 명예박사학위는 Doctor of Divinity(D.D.)였다. 명예 신
학박사인 것이다. 대한예수교장로회 대신 총회 파송 여자선교사 1호인
나는 그 또한 1호로 받게 되는 명예박사학위인가 싶어서 송구한 마음
이었다. 박사라는 뜻의 영어단어 'Doctor'는 중세유럽대학의 교육 면허
인 리첸티아 도첸 티(licentia docenti)에서 비롯된 것이고, 영어명칭인
Doctor는 영어에서는 박사와 의사 모두에 쓰이지만 라틴어의 Doctor
에는 의사란 뜻은 없다. 그래서 내가 받은 Doctor of Divinity는 신학
박사인 동시에 의학박사라는 점에서 D.D.는 신의학박사(神醫學博士)라
는 생각이고, 그런 의미에서 하나님께서는 그 전보다 사역을 좀 더 열
심히 하라는 뜻에서 내게 치유의 능력까지 덧입혀 주시는구나 하고 오
직 감사와 감격으로 받게 된 사실이다.

박사학위가 있다는 것은 일반적으로 이 학위논문에 한정된 주제에 대
하여 '정확한 연구방법'을 통해 타인에게 설득력이 있는 성과물을 낼 수
있는 전문가임을 공적으로 인정받는 것이라고 볼 수 있으나 명예박사학

위의 경우는 논문작성과 관계없이 학술발전에 특별한 공헌을 하였거나 인류문화의 향상에 특별한 공적이 있는 자에 한하여 심의를 거쳐 수여할 수 있는 것임으로 내가 받은 명예박사학위는 비록 우편으로 받는 것이기는 하지만, 추호도 의심할 바가 없는 학위였기에 자긍심을 가지는 마음이었다. 학위증에 적시된 내용은 다음과 같았다.

Incorporated has conferred upon Sam Jin Baek after satisfactory completion of the prescribed course of study the degree of Honorary Doctor of Divinity together with all the rights, and honors pertaining to that degree given at Los Angeles, California by the Board of Trustees of the Dae Han Theological Seminary, U.S.A. Incorporated upon recommendation of the faculty, and by the authority of the State of California. In witness whereof we have issued this Diploma duly signed and have affixed the corporate seal of said college and seminary on this 2nd day of June in the year of our Lord tow thousand and nineteen.

하나님께 감사와 찬송과 영광을 돌렸다. 내 나이 벌써 70줄인데, 여분네의 아들 갈렙이 85세 때에 "이 산지를 내게 주옵소서!(여호수아 14:12)"라고 한 그 말씀을 오늘 다시 한 번 더 힘차게 외치게 되었으니 모든 것이 다 하나님의 은혜가 아닐 수 없었다.

태풍경보, 역대 태풍의 뒤안길

　　9월과 10월은 태풍의 계절이다. 때는 바야흐로 오곡백과가 무르익는 만추의 계절인데, 올해 가을에는 한 달 내내 태풍이 몰아치고 있어 만추의 그 넉넉함을 누릴 새도 없었다고 함이 옳을 것이다. 내가 총회참석차 한국에 머무는 동안 불어 닥친 태풍만 해도 다섯 차례나 되었다. 그 태풍이라는 것이 대개는 필리핀 앞바다나 괌 근처에서 생성하게 되는데 전체 20여 개에 이르렀고, 7~8개의 태풍이 매해 한반도를 관통하여 막대한 인명과 재산피해를 내곤 하였던 사실이다.

　2019년, 이달에 가장 큰 피해를 남긴 태풍은 9월 6일에 발생한 13호 링링(LINGLING)이었다. 한반도 서해안을 따라 북상하였는데 역대 다섯 번째로 강한 폭풍우를 몰고 와서 사유시설 57억 원, 공공시설 77억 원에 달하는 피해를 내게 하였고, 피해복구비 1,590억 원을 투입하였다. 연이어서 9월 6일에 14호 태풍 가지키(KAJIKI), 9월 10일에 15호 태풍 파사이(FAXAI), 9월 16일에 16호 페이파(PEIPAH), 9월 23일에 17호 태풍 타파(TAPHA)가 발생하였으며, 뒤를 따라 10월 2일에는 18호 태풍 미탁(MITAG)이 상륙하여 한반도를 짓밟았다. 10월 중순쯤에는 19호 태풍 하기비스(빠르다) 상륙하리라는 예보인데, 올해 들어 가장 강력한 태풍이고, 태풍위원회 회원 14개국이 제출한 순서에 따라 필리핀이 제출한 태풍명이라고 한다.

태풍은 모두 열대성저기압이었다. 우리나라가 포함된 북태평양에서 발생하는 열대성저기압을 태풍(Typhoon)이라고 부르고, 미국에서 주로 발생하는 열대성저기압은 허리케인(Hurricane), 인도양에서 발생하는 열대성저기압은 사이클론(Cyclone)이라고 부른다. 이따금 TV를 통하여 보게 되는 허리케인의 위력은 가히 살인적이었고, 사이클론 또한 여느 태풍에 비할 바가 아닌 위협적인 것이다.

　필리핀 태풍의 발생지역은 까탄두아네스(Catanduanes Island)섬 앞바다였다. 교회개척을 위해 몇 차례 정탐한 바 있는데, 까탄두아네스로 가려면 루손 섬의 최남단인 따끌로반(Tacloban)에서 배를 타고 3시간을 항해해야 한다. 선착장에 내리자마자 눈에 띄는 기이한 현상은 건물들의 지붕이 대개 낮았고 처마가 땅에 닿아 있는 듯한 모습이었다. 이는 모두 태풍의 피해를 최소화하고자 하는 의미에서 그렇게 짓게 된 것이라고 설명하였다. 까탄두아네스 섬 앞바다가 바로 태풍 발생지역이었던 때문이다.

　까탄두아네스 섬 앞바다에서 발생한 태풍으로 가장 살인적인 태풍은 하이옌(태풍번호 1330, JTWC 지정번호 31W, 구제명: Haiyan, 필리핀 기상청(Pagasa) 지정 이름: Yolanda, 순간최대풍속 380km/h)이었다. 그 위력이 얼마나 대단하였던지 따끌로반(Tacloban) 도시를 아예 송두리째 삼켜버렸던 사실이다. 폭풍에 떠밀려온 거대한 여객선이 거리 한복판에서 동체를 드러내고 있었을 정도였으니까. 그때 사망한 사람이 4천 명이라고 했고, 1만2천 명이라고도 했다(공식발표는 6,800명). 생지옥이 따로 없었다.

우리나라에서 발생한 태풍 중에는 1959년 9월에 발생한 태풍 사라(Sarah)가 제일 큰 규모의 태풍이었다는 기록이다. 집계에 의하면 약 850명 사망, 실종자와 부상자가 16,000명에 이르렀다고 한다. 가히 재앙이라고 밖에 말할 수 없는 참상이었다. 2002년 8월에는 태풍 루사(RUSA)가 5조 원 이상의 피해를 줬으며, 이어서 2003년 9월에는 태풍 매미(MAEMI)가 4조 원 이상의 피해를 줬다는 역대 최고급 기록이다.

그렇다면 인류역사상 가장 큰 피해를 몰고 온 태풍은 과연 어떤 것이었을까? 이는 더 고려할 필요도 없이 노아의 방주를 떠올리게 하는 질문이다. 그때 비는 40 주야를 계속 내려서 온 세상을 덮었고, 그때 살아남은 사람들은 오직 노아를 포함한 여덟 식구뿐이었다고 하였다. "물이 땅에 더욱 창일하매 천하에 높은 산이 다 덮였더니(창 7:19)."라고 하였고, "땅 위에 움직이는 생물이 다 죽었으니 곧 새와 육축과 들짐승과 땅에 기는 모든 것과 모든 사람이라(창세기 7:21)." 함과 같았다.

그런데 여기서 추론하게 되는 것은 노아 홍수 때의 홍수는 열대성저기압으로 인한 홍수는 아니었다는 생각이다. 열대성저기압은 강한 폭풍우를 동반하는 것이 상례인데, 성경 어디를 보아도 강한 폭풍우가 있었다든가 하는 그런 기록은 찾아볼 수 없었기 때문이다. 비는 폭풍우도 없이 그냥 조용히 내렸을 것이며 노아의 방주는 순행하다가 아라랏(Ararat Mt.) 산에 조용히 내려앉았을 것이라는 추론이다.

이에 따라 노아 홍수는 열대성저기압 현상으로 인한 것은 아니었고, 오늘날 세계각처에서 발생하고 있는 열대성저기압은 신의 심판과는 아무런 관계가 없는 자연재해임을 깨닫게 된다. 따라서 이를 예측하고, 준비하고, 조심하면서 지혜롭게 극복해야 하는 것이 태풍이 아닌가 한다.

파키토 다기암을 누가 죽였나?

　　　　　　파키토 다기암이 세상을 뜬지 일주일이 지났다. 당연히
빨리 가서 조문해야 했으나 마음이 내키지 않아서 그냥 있었다. 첫째
딸 제르미가 전화를 걸어왔다. 언제 오실 수 있느냐는 것이었다. 언제나
파키토는 "맘~"하고 나를 자기 엄마처럼 부르고 있었고, 아이들도 나
를 자기네들 할머니쯤으로 알고 있었다. 그렇게 한 가족과 같이 가까운
사이였기에 전화를 한 것이었다. 나는 "지금 몸 상태가 좋지 않아서 못
가고 있으니 장례를 치른 다음에 우리 집으로 와 주었으면 좋겠구나."라
고 한 후에 전화를 끊었다. 남편이 "왜 그래요? 힘들어도 한 번 가봅시
다."라고 하신다. "파키토가 죽었다는 것이 믿기지 않아요. 가면 평생을
슬픔에 젖어서 살 것 같아요. 죽은 사람을 가서 보는 것보다 보지 않고
지내는 것이 더 좋을 것 같아서요. 어디선가 살아 있으려니 하려고요!"
그렇게 자신을 다짐해보는 내 모습이었다.

　지난 며칠 동안이었다. 파키토 다기암이 죽었다는 사실에 대해서 슬
픔도 슬픔이었지만, 절망감과 함께 분노가 솟구쳤다. 이제 50대 중
반, 아직도 사역에의 의지와 열정이 넘치고 있던 목사였기에, 그를 그
렇게 보내기에는 너무나 아까운 사람이었다. 그러나 육체는 이미 고혈
압과 당뇨, 간경화로 재생불능의 상태에 빠져 있었다. 그가 그렇게 된
것은 10여 년간 마신 술 때문이었다. 목사와 술과 간경화! 참으로 어

처구니없는 일이 아닐 수 없었다.

파키토 목사가 그렇게 술을 마시게 된 것은 미국에서 목회를 하는 J라는 목사 때문이었다. 정확하기로는 J 목사가 파키토 목사에게 술을 마실 수 있는 달러를 무한 제공했다고 하는 것이 맞는 말이다. 2005년도에 있었던 일이었다. J 목사 일행 12명이 선교정탐 목적으로 필리핀에 왔었고, 우리의 사역지를 방문하게 되었다. 그때 동행한 우리 측 사람이 파키토 목사였다. J 목사와 파키토 목사가 자연히 말을 주고받게 되었다.

"내가 백 선교사를 통하여 당신 교회를 건축해 주기로 했는데 알고 있는가?" "알고 있습니다." "그러면 마닐라에서 40평 정도 짓는데 얼마면 되겠는가?" "7천 불이면 됩니다."

그때의 터무니없던 모함을 생각하면 아직도 피가 거꾸로 솟구친다. 그 J 목사 일행이 나를 완전히 사기꾼 선교사로 취급하였기 때문이다. 당시에 나는 J 목사를 통하여 파키토 목사의 교회를 건축하기로 약정하고 착수금으로 3천 불을 받아놓고 있었다. 그 날 밤이었다. J 목사가 나를 불러 세웠다.

"3천 불을 돌려주시오!" "왜요? 무슨 일이 있습니까? "있고말고요. 선교사님은 나 보고 교회 40평 건축하는데 1만5천 불 요구하셨지요? 파키토 목사는 7천 불이면 된다고 하네요!"

그랬다. 그다음부터 교회는 파키토 목사 본인이 직접 짓게 되었다. J 목사가 건축비를 미국에서 직접 송금했기 때문이다. 약속대로 7천 불을 송금하였다. 후에 5천 불 더 보냈다. 연후에 3천 불을 또 보냈다. 그러나 교회건축은 이제 겨우 기둥을 세우고 벽을 쌓은 정도였다. J 목사가 화를 내면서 욕을 퍼부었다. 파키토 목사가 교회를 2층으로 지을 것이라고 하면서 1만 불을 더 청구했기 때문이다. 교회건축이 중단되었다. 그 후 어느 날이었다. 1년도 더 지났을 때다. 파키토 목사가 찾아왔다. 울면서 자기의 배신행위에 대해서 회개하였다. 그러면서 교회를 한 번 방문하여 기도해 달라고 하였다. 거절할 수 없는 요청이요, 사항이었다. 그는 내가 처음 선교사로 파송되어왔을 때 선교정탐과 개척 등 최선을 다해 협력한 30년의 선교동역자였기 때문이다. 그래서 다시 찾아간 교회였는데, 치다만 슬러브에서 비가 주룩주룩 새고 있었다. 이것저것 따질 것도 없었다. 성전건축을 완료하는 것이 우선이었다. 이에 파송교회에 사실을 보고하였고, 파송교회의 후원을 받아서 준공하였는데 마음고생이 이만저만이 아니었다. 그 후에 교회의 성물(聖物)을 갖추어 주었고 유치원을 개설하는 등, 파키토 목사가 목회를 본격적으로 할 수 있도록 하여 도와주었다.

그런데 문제는 미국에서 J 목사가 달러를 보내는 그 시점부터 파키토 목사가 술꾼이 되어서 황제와 같은 생활을 하면서 다녔다는 사실이다. 우선 옷을 해 입었고, 자녀들에게는 신형 핸드폰을 한 개씩 사 주었고 …. 술 담배에 인이 박인다고 하더니 그 말이 맞는 것 같았다. 교회 준공 후, 목회하면서도 술에 취해 건들거리면서 다녔으니 전도가 되었겠으며 교회 성장이 되었겠는가! 처음에는 일이 잘 풀려서(?) 술을 먹었고, 나중에는 일이 잘 풀리지 않아서 술을 먹었고….

파키토 목사의 몸이 망가지기 시작한 것도 그 시점이었다. 혈압과 당뇨로 언행이 불편하기만 하였는데, 그동안 간경화로 생명을 갉아먹고 살았다는 사실이다. 그래서 묻고 싶다. "파키토 다기암을 누가 죽였나?" 자식을 잘못 기른 엄마의 마음만 같아서 가슴 저미어오는 서글픈 마음이다.

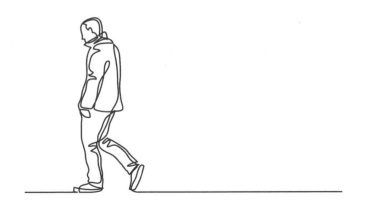

천국으로 가는 계단

필리피노 목사님이 또 한 사람 세상을 떠났다. 열한번째로 접하게 되는 동역자의 사망소식이다. 이들 중에는 선생님뻘 되는 목사님도 있었고, 동생뻘, 아들뻘 되는 목사도 있었다. 어떻게 그렇게 말할 수 있는가! 그것은 내가 필리핀에 선교사로 파송된 이후 지난 30년 동안 그들과 가족처럼 친밀히 지내면서 동역하던 목사님들이었기 때문이다.

사미 어거스틴(Ptr. Sami Agustin) 목사! 나와 함께 산악지대의 선교지를 정탐한 후 사망하였다. 그때 같이 찾아간 곳은 쁘띵까까오(Putingcacao Mt.) 산속이었다. 지금은 산 정상까지 길이 뚫려 있어서 왕래가 자유롭지만, 30년 전에는 밀림을 헤치면서 걸어가야 했었다. 왕복 4시간! 쁘띵까까오 산악지대 정탐 후 심장병이 도져서 3일 후에 사망하였다.

로날드(Ptr. Ronald M. Minano) 목사! 교회와 가정을 위해 밤낮을 가리지 않고 일하다가 취침 중에 사망하였다. 그의 나이 35세 때였다. 4남매를 둔 가장으로 세상에서 제일 작은 교회, 야자수 잎으로 엮은 두 평짜리 교회를 지어놓고 예배를 드리고 있었다. 교회는 기어서 들어가야 했고, 말뚝이 몇 개 의자 대신 땅바닥에 박혀 있었다. 5년 후에는 20평짜리 시멘트벽돌로 교회를 건축하여 봉헌하도록 하였다.

갈라바요(Ptr. Vicente V. Galabayo) 목사! 80을 훨씬 넘긴 노종이

었다. 블랄라까오(Bulalacao) 바다 건너편에 교회를 개척하였고, 전체 마을이 복음화된 것은 그로부터 3년 후였다. 출석교인이 100명을 상회하고 있다. 그는 망얀부족(Mangyan Tribe) 언어를 구사할 수 있어서 우리와 같이 수시로 룸보이산(Lunbay Mt.)에 등정하여 망얀인들에게 복음을 전파하였는데 노환으로 별세하였다.

부랭딩기(Dr. Dionisis Prendengue) 목사! 신학박사로 총회장을 역임한 필리핀 교계의 지도자였으나 말년에 실명하여 칩거 중에 별세하였다. 총회장 조찬모임에 여러 번 초청하여 내 위상을 높여 주었고, 교회 컨설팅에 봉사하는 한편, 우리가 주관한 각종 세미나(Int'l Pastors Seminar)와 신학교(Biblical Advance Seminary) 사역에서 교수로 활동하였다.

파키토(Ptr. Paguito Tagyam) 목사! 선교정탐과 교회개척 등에서 많은 활동을 하였으나 한때 나를 배신한 배신자였다. 미국에서 한인 목회를 하는 J 목사와 성전건축을 진행하면서 이를 중간에서 탈취하였고, J 목사로부터 달러를 직접 받으면서 술을 마시기 시작했다. 술 때문에 몸이 망가졌고, 고혈압과 당뇨를 앓다가 사망하였다. 그러나 그는 나에게 아들과 같은 존재였다. 언제나 "맘~"하고 나를 부르고 있었고, 나 또한 그를 위해서 언제나 기도하고 있었다.

따따이 바동(Bro. Tatay Badong) 성도! 우리가 롬블론(Romblon Romblon)을 개척하게 하는 데 크게 도움을 주었다. 숙식 등 각종 편의를 제공해 주었으며, 알라드 섬(Alad)과 코브라도르 섬(Coblador)을 개척할 때는 고깃배를 몰면서 우리를 친히 인도해 주었다. 그가 잠들어 있는 곳은 롬블론 공동묘지다. 시멘트 관으로 모셨기에 타일로 입혀줄 것을 약속하였으나 아직도 이행하지 못하고 있어 죄송스런 마음이다.

빵아린(Ptr. Elis Pangadlin) 목사! 마마누와(Mamanuwa Tribe) 부족선교의 아버지다. 민다나오(Mindanao) 북쪽 수리가오(Srigao)에 면한 산기슭 마을에 가면 우리가 건축하여 이양한 이마피플(Ima People) 부족교회가 있다. 혈기왕성한 목사였는데 갑자기 사망하였고, 지금은 그의 아들 제트로(Ptr. Jetro Pangadlin)가 대를 이어서 목회를 하고 있다.

토마스(Bro. Tomas) 성도! 쁘띵까까오 밀림 속의 기타리스트였다. 반군에게 사로잡혀 한쪽 팔이 절단당한 후에 겨우 생환하였다. 한쪽 팔로 기타를 잡고 다른 한쪽 팔, 절반밖에 남지 않는 팔로 연주를 하니 예배가 그렇게 감격스러울 수 없었다. 밀림 속에서 장기간 앓고 있었으나 우리의 손이 미치지 못하는 가운데 사망하였다.

그리고 U.S.T.와 A.T.S. 출신의 엘리트 목사로 우리 집 거실에 필리핀 목사 재교육을 위한 Sola Academy를 개설하고 다년간 교수하였던 사울로(Ptr. Pedro Saulo) 목사! 롬블론 섬 선교에 헌신한 메네스(Ptr. Menes) 목사! 망얀부족 출신으로 최초로 목사가 되었으나 40대에 사망한 데이빗(Ptr. David Buanay) 목사 등등….

성스럽고 아름답고 그리운 이름들이다. 그들을 생각하니 만감이 소스라친다. 선교 30년의 영욕이 주마등처럼 스쳐 간다. 그리고 나는 그들을 다시 본다. 천성 가는 밝은 길에 도열해 서서 저 예수의 이름은 들어보지도 못하고 죽어가는 불쌍한 영혼들을 위해서 오늘도 힘써 기도하고 있으며, 이제 그만하면 되었다 라고 하면서, 나를 향해서 빨리 오시라는 시늉으로 손짓들을 하고 있음을!

민도로 섬 선교사역 이야기

민도로 섬에 출입한 지도 30년이 되었다. 이는 내가 필리핀에서 선교사로 사역한 것과 같은 햇수다. 1990년의 일이었다. 폴라(Pola)의 바닷가 마을에 네스토(Nesto)라는 유복한 젊은 성도가 있었는데, 그 모친이 병들었다고 해서 찾아간 것이 출입의 시발이었다. 당시만 해도 바탕까스 항구는 고깃배만 오가고 있었고, 비포장도로를 지프니를 타고 달려가야 했기에 절대 쉽지 않은 노정이었다. 녹초가 되어 밤중에 도착하였으나 네스토 집을 방문하여 기도하였고, 예배를 드리면서 은혜를 나누었다(후에 네스토는 목사가 되었다).

그런데 그 다음 날 아침이었다. 네스토가 달려와서 "선교사님, 바닷가에 사람들이 많이 나와 있는데 말씀 좀 전해 주세요."라고 하였다. 가슴이 철렁하였다. 초보선교사였기에 영어로나 따갈로그나 말씀을 선포할 실력이 아니었다. 그렇다고 회피할 수는 없는 일이었다. 예정에 없던 일이기는 하였으나 주님께서 그때부터 내 입을 열어주셔서 말씀을 선포할 수 있게 하셨으니, 안수기도 중에는 수많은 사람이 입신이 되어서 쓰러지는 역사가 일어났던 것이 사실이다.

그때로부터 지금까지 30년! 매년 4~5차례 민도로 섬을 방문하였고, 오늘날까지 민도로 섬을 오가면서 교회개척과 성전건축에 주력하게 되었다. 민도로 섬의 수도인 깔라판(Calapan)을 시작으로 나우한에 1 교회, 빅토리아에 2 교회, 소고로에 1 교회, 폴라에 11 교회, 피나말라얀에 3 교회, 글로리아에 2 교회, 반수드에 4 교회, 봉아봉에 3 교회, 로하스에 3 교회, 산안토니오에 1 교회, 만살라이에 3 교회, 블랄라까오에 4 교회, 룸보이 산 망얀부족 1 교회, 갈린가곤 산 망얀부족 1 교회, 가브야오 산 망얀부족 1 교회, 블란 산 망얀부족 1 교회 등등, 이것이 내가 오늘날 민도로 섬에서 행한 개척전도와 교회설립사역의 대략이다.

현재 한국인 선교사로 나보다 앞서 민도로 섬에 상륙한 선교사는 거의 없는 실정이다. 언젠가 신학교 사역으로 많은 사역자를 배출한 김종실 선교사를 만났는데 그가 말했다. "아이고, 말씀은 많이 들었습니다. 선배님!" 김 선교사는 선교사로서는 내게 선배가 되었으나 민도로 섬에 상륙하여 사역을 감당하기로는 내 후배가 되는 목사였다.

나보다 앞선 외국인 선교사로는 필리핀에서 26년 동안 사역을 담당한 마이크 해리슨(Mark Harrison)이 있다. 1958년부터의 일이었다. 그는 OMF 필리핀지역 책임자였다. 깔라판에 OMF 본부를 두고 민도로 섬 복음화에 주력하는 한편, 1977년 민다나오 서부에 사는 마긴다나오 부족사역과 1991년에는 칼라간 족에 대해 선교를 하기도 했다. 마이크 해리슨보다 앞선 선교사는 반딜린(Sis. Vandilin)이라는 여군 출신 선교사가 있었으나, 현지인 노인들에 의해서 구전으로만 전해지고 있을 뿐 자세한 행적은 알 길이 없다.

마이크 해리슨 선교사의 민도로 사역에 대한 종합적인 평가는 다음과 같았다. "두 가지 중요한 사역이 있다. 하나는 저지대에서 교회를 확장하는 사역이고 다른 하나는 부족민들에 대한 사역이다. 민도로 지역은 많은 평야가 있지만 비교적 도시화된 지역이다. 특별히 사람들을 훈련시켜 저지대에서 목회할 수 있도록 돕고 있다. 민도로 섬에는 6개의 부족이 있고 이들을 통틀어 망얀(지구의 중심이 되는 사람이라는 뜻)이라고 부른다. 하나님께서는 민도로 섬 지역에서 어떤 사역을 하고 계시는가? 처음 OMF 선교사가 이 지역에 들어갈 때 먼저 부족민들에게 다가갔다. 이러한 부족사역이 점점 확장되어 도시지역으로 흘러들어 가 이제는 큰 도시까지 확장되었다. 선교사가 이 지역에 갔을 때 그들은 문자도 없었고 글을 읽고 쓸 줄도 몰랐다. 선교사들은 문자를 만들고 그들을 위해 성경을 번역하기 시작했다. OMF는 필리핀 40년 동안의 사역을 통해 5개의 언어로 신약을 번역했고 구약성경 일부를 번역하였다." 그는 또 말하였다. "필리핀 내지에 들어가 보면 거기에는 소수의 사람이 살고 있다. 돈도 없고 자원도 없는 그곳에 교회를 세우면 10년이 걸린다. 만일 우리가 그곳을 떠나면 교회는 문을 닫게 된다. 왜냐하면, 자원이 없기 때문이다."

그랬다. 민도로 섬에서의 사역은 저지대와 고지대 부족사역이며, 우리가 그곳을 떠나면 교회는 재정, 지도력이 상실되어 어려움에 부닥치게 되는 것은 사실이었다. 그러나 그것은 지난 세월의 이야기일 뿐이다. 지금은 추수할 때가 아닌가! 현재 내가 민도로 섬에 설립한 개척교회는 40여 교회인바, 그들 교회마다 튼튼히 성장하는 교회로 우뚝 서서 복음 사역에 최선을 다하고 있는 것을 보게 될 때 오직 감사가 넘칠 뿐이다. 안타까운 일이기는 하지만 선교사의 주된 사역이

처처에 다니면서 복음을 전해야 하는 것이기에 한 지역에 오래 머물면서 개척교회의 필요를 끝까지 채워줄 수는 없다는 사실이다.

메리 크리스마스

　언제나 크리스마스 때가 되면 한 달 전부터 설레는 마음이 된다. 내 나이 고희를 훨씬 넘겼는데도 소녀 때의 추억에 사로잡혀 스스럼없이 미소 짓기도 되나니, 크리스마스이브에 교회에 가기만 하면 가슴 가득 안겨주던 사탕과 과자봉지들이 새삼스럽게 그리워지는 것이다.

　내가 살던 집은 동대문 밖 창신동이었다. 뒤에는 낙산이 있어 사내아이들은 낙산을 오르내리면서 놀고 있었으나 여자애들은 대개 길 건너편에 창신교회가 있어서 거기에 가서 놀곤 했었다. 교회에는 다니지 않았다. 그러나 크리스마스가 되면 교회에 가서 성극도 보고 몇 곡조 찬송가를 따라 부르고는 사탕과 과자봉지를 한 아름 안고 집으로 돌아오던 나름대로 교회생활이었다.

꿈속에 보는 화이트 크리스마스

또다시 돌아왔구나.

방울 소리 영롱하게도

흰 눈 속을 썰매는 간다.

꿈속에 보는 화이트 크리스마스

카드에 적어 보내는 메리 크리스마스

평안하라. 복 주시는 거룩한 밤에.

그로부터 60여 년이 흘러간 지금, 나는 마닐라 선교의 집에 앉아서 CD를 틀어놓고 크리스마스 캐럴을 듣고 있다. 소녀의 감수성이 아직도 살아 있기 때문일까? 한껏 흥취가 고조되는 가운데 선교지 토착교회 어린이들에게 무슨 선물을 보낼까 궁리를 하는 것이다. 크리스마스를 맞이하여 어른들에게 줄 선물은 이미 보냈다. 한 교회에 쌀 한 가마씩이다. 그러니까 토착교회, 우리가 개척해서 섬기고 있는 교회에 쌀 한 가마씩을 보냈다. 1개 교회의 구성원은 대개 15가족이므로 쌀 한 가마(50kg)를 보내면 한 가정에 쌀 3kg씩을 배분하게 된다.

이를 시행하기 위해서는 크리스마스가 도래하기 한 달 전에 한국의 여러 교회들에게 후원금을 요청하는 선교편지를 보내야 한다. 선교편지의 제목은 "쌀 한 가마씩 보내주세요!"였다. 벌써 12년째이다. 감사하게도 그런 선교편지를 받은 교회에서는 이를 마다치 않고 적으면 1가마, 많으면 10가마를 보내주기도 한다. 후원금이 많으면 한 가정에 쌀 5kg씩과 피시깡통 한 개씩을 더 넣어주기도 한다. 믿기지 않는 것은 1년 내내 쌀 한 톨도 구경하지 못한 채 사는 부족민들도 있다는 사실이다.

오늘도 이곳저곳 토착교회로부터 전화를 받았다. 아무 날 아무 시에 크리스마스 축하파티가 있으니 초청한다는 전화였다. 축하예배가 아니라 축하파티란다. 이런저런 핑계로 언제나 사양한다. 축하파티도 좋기는 하지만 예배행위가 전혀 없다거나 형식적인 경우가 많아 참석하는 것도 그렇고 해서 거절하게 된다. 그것도 일주일 전이나 보름이나 전에 파티하고 정작 성탄일에는 각자 집으로 가서 가족과 함께 지내는 것이 풍습처럼 되어 있으니 그 또한 형식이라는 생각이다.

마닐라에서 맞이하는 크리스마스는 언제나 그랬다. 올해에는 로하스 보리바에 내어 걸린 크리스마스 데코레이션도 마음에 들지 않았다. 하필 리본 장식이 뭐람. 그 리본이라는 것이 꽃다발을 묶는 것일진대 축하 분위기를 한껏 띄우기 위한 장식일 뿐이라는 생각이었고, 그런 의미에서 성탄을 맞이하는 자세가 이제는 아주 휴일개념으로 정착되었구나 하고 자탄하게 되었다.

작년만 해도 그렇지 않았다. 언제나 크리스마스 데코레이션은 별이었다. 그것이 성경적이다. 동방박사가 별을 따라가서 아기 예수께 경배할 때 황금과 유향과 몰약 외에 꽃다발도 바쳤던가 하는 생각에 절로 웃음이 나왔다. 그 내어 걸린 별은 정삼각형 2개를 겹친 꼭짓점 6개의 별로 우리가 흔히 알고 있는 다윗의 별(Star of David)인데, 유대인 또는 유대교를 상징하는 것이다. 그러나 그 별이 크리스마스 데코레이션으로 내어 걸릴 때는 예수를 상징하고 있는 별임을 알아야 한다. 수삼 년 전에 성지순례 목적으로 베들레헴에 갔을 때다. 그 다윗의 별은 예수 탄생교회의 바닥, 그러니까 말구유가 있던 자리에 아로새겨져 있는 것을 볼 수 있었다. 아쉬운 것은 성지순례자들이 유독 거기서만 장사진을 치고 있어서 그 찬란한 별자리를 보았을 뿐 만져보지는 못했다는 아쉬움이다.

꿈속에 보는 화이트 크리스마스!
평안하라! 복 주시는 거룩한 밤에.
메리 크리스마스!

파스토 봉 패밀리

　　파스토 봉(Ptr. Bhong)이 우리가 개척하고 설립해서 섬기고 있는 토착교회에 드럼 세트, 앰프 파이어, 기타, 마이크 등 성물(聖物)을 배달하고 영상보고를 해왔다. 이는 크리스마스를 맞이하여 우리가 보낸 것인데, 실상은 우리를 후원하고 있는 한국의 후원교회에서 보낸 선물이었다.

　아침 일찍 깔라판(Calapan)에 가서 구입했다고 한다. 대학도시인 피나마라얀(Pinamalayan)이나 로하스(Roxas)에서 살 수도 있었지만, 아무래도 민도로(Mindoro) 섬의 수도인 깔라판의 물건값이 쌀 것 같아서 일찍이 집을 떠나가서 구매하게 되었다고 했다. 배달은 오리엔탈(Oriental) 민도로 끝자락에 있는 블랄라까오(Bulalacao)까지였다. 우리를 대신하여 현지사역자인 봉 목사가 심부름해 준 것이다. 깔라판에서 블랄라까오까지는 승용차로 달려도 장장 6시간이나 걸리는 먼 거리였다. 선교비를 한 푼이라도 아껴주는 파스토 봉의 그 갸륵한 마음에 감사가 넘쳤다.

　그런데 더욱 감사한 것은 그렇게 성물들을 구입하고 배달하는 데는 파스토 봉 패밀리가 전부 동원되었다는 사실이다. 그 아버지, 어머니, 형, 여동생까지 협력하여 성물들을 구매한 후 그것들을 싣고 블랄라까오까지 갔으니 더할 수 없는 감격이었다. 이는 이미 그 가정이 하나님께 충성하기로 맹세한 바가 아니었으면 있을 수 없는 일이었다. 그 가족 일동이 자원하는 마음으로 온종일 파스토 봉과 동행하면서 사역에의 큰 힘을 실어주었다는 사실이다. 그뿐만 아니라 우리가 개척전도로 필리핀 전역에 교회를 설립하고 성전을 건축하는 일에서도 파스토 봉 패밀리의 협력과 봉사는 적극적이었음을 기술하지 않을 수 없다.

파스토 봉 아버지는 목수였다. 하루 300~500페소의 노임이 적다 하지 않고 열심히 일하면서 식솔들을 먹여 살렸다. 그러나 진작 식솔들을 먹여 살린 것은 영적인 양식이었다. 그는 평신도에 불과했으나 파스토 봉 패밀리의 영적인 지도자였다. 그의 신앙을 본받아서 목사가 된 사람이 전부 7명인바, 동생 목사 2명, 아들 1명, 사위 1명, 조카 1명, 손자 1명, 제수씨 1명이 모두 파스토 봉 아버지로부터 영향을 받아서 목회자가 되었다고 해도 과언이 아니겠다.

현재 파스토 봉이 목회하고 있는 빠히라한(Pahilahan Christian Church) 교회는 원래 그의 숙부인 파스토 알쵸(Ptr. Alcho)가 시무하고 있던 교회였으나 가족회의를 거쳐서 그의 숙부는 따로 나가서 교회를 개척하기로 하였고, 파스토 봉이 목회를 승계하게 된 사연이다. 그렇게 숙부로부터 교회를 승계한 파스토 봉의 목회전략은 인근 지역의 복음화에 앞서서 패밀리를 먼저 복음화하는 일에 착수하였다. 그리고 서서히 지역을 넓혀서 지금은 패밀리 전체의 복음화를 이루었음은 물론, 인근 지역의 복음화에 박차를 가하는 것을 보게 될 때 파스토 봉과 그 패밀리들이 얼마나 사심이 없는 사람들인지 이에 미루어 짐작할 수가 있는 일이다.

우리가 1996년에 처음 파스토 알쵸(Ptr. Alcho)를 만났을 때는 그 집안의 목회자는 알쵸 한 사람뿐이었다. 빠히라한(Pahilahan) 산골짜기의 뱀브 교회에서 예배를 드리고 있었는데, 비가 오면 비가 주룩주룩 새어서 장소를 옮겨가면서 예배를 드려야 했다. 열악한 교회였으나 파스토 알쵸가 어찌나 은혜롭고 헌신적이었던지 갈 때마다 큰 은혜와 감동을 안겨주었다. 몇 년이 지나자 교회가 급성장하여 성도들이 차고 넘쳤다. 이에 우리는 성전 부지를 따로 마련한 후에 파송교회에 성전건축 후원을 요청하게 되었고, 허락이 되어서 오늘날 예배를 드리고 있는 빠히라한 교회의 성전을 건축하고 봉헌하게 되었으니 선교 30년에 우리가 아직 이런 패밀리를 만나보지 못했다는 술회이다.

파스토 봉은 그때 열 살 남짓한 어린애였다. 그러나 어렸을 때부터 보고 배운 바가 남달라서 그의 형제 중 누구보다 먼저 사명감을 받고 목회자가 되었다. 현재 파스토 봉의 패밀리가 배출한 목회자는 무려 7명에 달한다. 큰 숙부 알쵸(Ptr. Alcho)를 비롯하여 작은 숙부 메이날드(Ptr. Mhynald), 매형 롬멜(Ptr. Rommel), 사촌 형 레나토(Ptr. Renato), 작은숙모 에덴(Ptra. Eden), 그리고 조카 롬멜(Ptr. Rommel) 등이 바로 파스토 봉 패밀리 출신의 목회자들인 것이다.

파스토 봉(Ptr. Bhong)으로부터 성물구매와 배달에 대한 영상보고를 받고 나는 하나님께 이런 기도를 드렸다. "하나님 감사합니다. 이렇게 헌신적이고 열정이 넘치는 사역자를 붙여주신 하나님께 영광을 돌립니다. 파스토 봉에게 은혜를 덧입혀 주심은 물론, 그 패밀리가 배출한 목회자들 한 사람 한 사람들 위에와 사역 위에 하나님 아버지의 크신 은혜와 축복이 항상 같이하게 하시옵소서."

선교의 백년대계와 각오

선교사역을 감당해온 지 30여 년이다. 이즈음의 생각은 앞으로는 내가 무엇을 어떻게 해야 예수님을 더 기쁘게 해드릴 수 있을까 하는 생각뿐이었다. 그 결과로 떠오른 생각이 선교지 오지에 초등학교를 설립해야겠다는 교육계획이었다. 쉽지 않은 일이겠으나 현재 운영하는 현지 교회 유치원을 기반으로 1학년 1학급으로부터 시작할 요량이다. 이미 300평 부지를 확보하였고, 책임자로는 교육대학을 졸업한 존 레이 목사(Ptr. John Rey)로 정하였음을 기도하면서 주님께 아뢴 바 있다.

왜 지금에야 그런 생각을 하였는가! 예수님이 엄중하게 하신 말씀을 새해에 접어들면서 다시 한 번 더 크게 깨달았기 때문이다. "그러므로 너희는 가서 모든 민족을 제자로 삼아 아버지와 아들과 성령의 이름으로 세례를 베풀고 내가 너희에게 분부한 모든 것을 가르쳐 지키게 하라(마28:19~20)." 이는 일반적으로 전도사역에 대한 말씀으로 인식되어왔으나 심층적으로는 전도와 선교의 전 단계로 교육사역을 말씀하고 계시구나 하는 깨달음이었다. "제자로 삼아~ 가르쳐~ 지키게 하라!"

그리하여 세우게 된 계획은 금년도 사역의 목표가 되었다. 그렇다고 지금까지 수행해온 사역을 수정하거나 접겠다는 말은 아니다. 그동안 개척전도사역, 교회설립사역 등 여러 사역에 매진해 온 것이 사실이나 유독 교육사역에 등한하였음을 고백하지 않을 수 없고, 이제부터라도 그 취약점을 보완하기 위하여 매진해야겠다는 심산이다. 즉 선교의 백년대계를 위해서 사람 심기 사역을 해야겠다는 계획이다.

제(齊) 나라의 정치인 관중(管仲)의 말을 빌려 말하면, 이는 "한 해를 위한 계획으로는 곡식을 심는 것만 한 것이 없고(一年之計 莫如樹穀), 10년을 위한 계획으로는 나무를 심는 것만 한 것이 없고(十年之計 莫如樹木), 백 년 동안을 위한 계획으로는 사람을 심는 것만 한 것이 없다(百年之計 莫如樹人)."라고 함과 같은 취지이다.

사람을 교육하여 길러내는 일은 단기적으로는 할 수가 없다. 한평생의 기간이 필요하다. 그래서 생겨난 것이 평생 교육개념이다. 이 세상은 결국 사람이 움직이면서 되기 때문에 그 다음다음 세대를 위해서도 한평생의 교육이 필요한 것이다. 이렇게 놓고 볼 때 교육이란 사람을 심는 일이 되고 중요한 일은 어렸을 때부터 심어야 한다는 사실이다. 선교사역의 경우도 마찬가지 경우라 할 것이다.

제자로 삼아~ 가르쳐~ 지키게 하라! 이렇게 하는 것을 선교학에서는 제자훈련이라고 한다. 첫째는 제자훈련이요, 둘째는 양육이고, 셋째는 전도다. 순차적으로는 복음전도사역이 후순위가 됨을 숙고할 필요가 있다. 그러나 이를 적용함에서는 그와는 반대로 첫째로는 전도요, 둘째로는 새 신자양육(Principles of Fellow-up)이요, 셋째로는 제자훈련으로 하는 경우가 있다. 어떻든 그렇게 하는 것이 제자훈련인데, 그런 제자훈련이 학문으로 정립된 것은 불과 수십 년 전의 일이다. 이 분야의 개척자는 나의 신학교 은사인 정학봉 교수였다.

1980년도를 전후한 때부터였다. 정 교수는 그의 저서 『성서에 따른 제자훈련학』 서문에 기술하기를, "필자가 1981년 1월에 학문적으로 이 분야 개척자의 한 사람으로서 이 분야를 세계에서 처음으로 독립된 학문으로 세워서 강의해 왔으며, 캘리포니아 성서대학의 제자훈련강좌 주임교수인 제임스 후로스트 박사님(Dr. James L. Frost, Director of Discipleship Chair, California Baptist College, Riverside, California)의 강좌에서 며칠 연속강의를 하고, 그해 여름에 후로스트 박사님과 그 반의 20여 명의 학생들이 한국에 와서 처음으로 '제자훈련학' 강좌를 하여 크게 호응을 얻게 된 것이 이 분야를 더욱 연구하여 헌신하게 한 것이다."라고 하였다.

제자훈련에서 제일 비중 있게 다루고 있는 분야는 재생산사역(A Reproductive Minister)에 대한 교육이다. 한 사람을 전도하여 열매를 맺게 하면 그것으로 사명을 다 하는 것이 아니라, 그 사람이 다시 전도하여 열매를 맺게 하는 계대(繼代)사역이다. 이를 통틀어서 '그리스도인의 사역'이라고 한다. 모두가 그리스도의 일꾼(Christian Minister)이 되어 사명을 감당하게 하는 일이다. 예수님께서 또 말씀하셨다. "오직 성령이 너희에게 임하시면 너희가 권능을 받고 예루살렘과 온 유대와 사마리아와 땅끝까지 이르러 내 증인이 되리라 하시니라(사도행전 1:6)." 아멘! 아멘!

2020년 새해에는 예수님을 그 전보다 더욱 기쁘시게 해드리고 싶다. 기존 사역에 박차를 가함은 물론이지만, 선교의 백년대계를 세움에서 교육만한 사역이 없다는 생각을 하면서 올해에도 영육 간의 건강 주심을 위해서 기도드린다.

망얀부족의 빛나는 영혼들

가부야오 산(Cabuyao Mt.)에 올랐다. 민도로 섬 동쪽 만살라이(Mansalay) 산악지대에 있는 산 중에서 제일 높은 산이다. 해발 1천 미터, 옛날에는 지팡이에 의지해서 일사각오로 올라가야 했으나 군사도로가 생긴 다음부터는 모터사이클을 타고 산등성이까지 쉽사리 올라갈 수 있게 되었다. 그러나 지금도 비가 와서 미끄러운 진흙 길이나 바위무더기를 만나면 내려서 모터사이클을 밀면서 올라가야 하는 험준한 산길이다.

산등성이에는 필리핀 정규군이 관장하고 있는 체크포인트가 있었다. 중무장한 군인이 우리 앞을 막아섰고 명단 제출을 요구하였다. 전략요충지였기에 명단을 제출한 후에 일일이 심사를 받았고 허락이 떨어진 다음에야 우리는 목적지를 향해서 모터사이클을 더 몰고 갈 수 있었다.

산 정상에는 우리가 개척해서 설립한 망얀부족(Manyan Tribe) 교회가 있었다. 대나무와 송판으로 세운 교회였고, 교인들은 전부가 망얀부족 사람들이었다. 우리가 도착하였을 때는 연락이 안 되었던지 교회가 썰렁하였으나 수 분 내에 교인들이 이 골짜기 저 골짜기에서 올라와서 교회를 가득 메웠다. 모여든 교인들은 거의 20세 안팎의 엄마들과 올망졸망한 아이들뿐이었다. 긴 천을 어깨에 메고 그 안에 아기들을 한 명씩 감싸 안고 있어서 한결 정겨운 모습들이었다. 평균수명 40세! 보통 14살이면 결혼을 하는데 스무 살만 되어도 아이들이 4명이나 되는 젊은 엄마들이었다. 남자들은 아마도 일터를 찾아서 산 아래로 내려간 모양인지 보이지 않았다.

그들과 함께 예배를 드렸다. 성물(聖物)이라고는 깡통이랑 쇳조각들을 이리저리 붙여서 만든 드럼뿐이었다지만, 막대기로 드럼을 치면서 예배를 드리니 은혜가 넘쳤고 선교사가 왔다는 사실에 모두가 흥분된 모습이었다. 특이한 것은 설교하는 담임목사나 교인들이 모두 맨발이었다는 사실이다. 경건미가 없어 보였으나 거룩한 땅에서는 모두가 신발을 벗어야 한다(출3:5)는 생각에 오히려 우리가 불경스러운 모습이 아닌가 하였다. 예배 후에는 가지고 올라온 사탕이랑 과자를 나누어 주면서 교인들을 위로하였고, 교인들은 금시 따온 야자수와 가모떼(고구마의 일종)로 우리를 정성껏 대접해 주었다.

담임 목회자는 망얀부족 출신 께요(Ptr. Keyo B. Imnay) 목사였다. 40대 초반이었는데 그는 우리가 처음 전도하여 목회자로 세운 엘리야스 목사(Ptr. Elias Bilog)의 제자였다. 말하자면, 우리에게는 제자의 제자 목사인 셈이었다. 엘리야스 목사는 룸보이 산(Lumboy Mt.) 일대의 추장이었는데 우리의 전도를 받아 예수를 믿게 되었고, 지금은 망얀부족 복음화에 최선을 다하고 있는 신실한 영적 지도자이기도 하다. 2000년도부터의 일이었다. 엘리야스 목사는 예수를 믿은 후에 추장에서 내려앉았고, 원시인처럼 사는 동족들에게 복음을 전하려고 이 산, 저 산을 오르내리면서 복음을 전하고 있는데 그가 개척한 교회만 해도 일곱 교회나 되었다. 그중에 한 개 교회가 바로 가부야오 망얀부족 교회인 것이다.

이 교회를 방문하기로는 네번째였다. 처음에는 교회를 개척했다고 해서 방문하였고, 두번째는 기공예배를 드리기 위해서 방문하였고, 세번째는 준공예배를 드리기 위해서였다. 그리고 네번째로는 이번에 한국에서 선교정탐 목적으로 온 오병이어 선교회의 팀원들과 함께였다. 등정을 위해서 동원된 모터사이클은 1인 1대씩 14대가 되었다. 14대가 나란히 열을 지어서 밀림 속을 뚫고 바위들을 뛰어넘으면서 이리 비틀 저리 비틀 산 정상을 향해 내달리니 장관이 아닐 수 없었다.

가부야오 산 정상은 교회 조금 위쪽에 있었다. 일행과 같이 정상에 오르니 모두가 환호성을 발했다. 그보다 더 높은 산이 없었기 때문이다. 동서남북으로 쭉 뻗친 산맥들이 모두가 가부야오 산을 향해서 조아리고 있는 것 같아서 자긍심이 일었고 푸른 하늘이 광활하게 펼쳐져 있어서 호연지기가 절로 솟구쳤다. "참 아름다워라. 주님의 세계는…." 누가 먼저라 할 것 없이 모두가 찬송을 불렀다. 나는 룸보이 산과 블란산, 그리고 가부야오 산악지대에서 복음 사역이 활발히 이루어지고 있다는 사실에 대해서 하나님께 감사기도를 하면서 눈물을 흘렸고…!

이런 말이 있다. "부족에게 복음을 전하려면 먼저 추장부터 잡아라!" 이는 다른 말이 아니라 추장이 예수를 믿으면 휘하 주민들도 자연히 예수를 믿게 된다는 뜻이고, 추장이 예수 믿지 않으면 그 지역에서 전도할 수 없게 된다는 말이다. 신정국가에서나 있을 법한 일이기는 하지만 그것이 사실임에는 어찌할 것인가! 절대 권력이 추장으로부터 나오기 때문에 전도를 받아들이고 말고는 추장의 결단 여하에 달린 것이다.

아직도 더 깊은 산 속, 우리가 가보지 못한 밀림 속에서 얼마나 많은 영혼이 예수의 이름은 들어보지도 모른 채 죽어가고 있는지 아무도 모른다. 우리는 그곳으로 더 나아갈 수가 없다. 그곳으로 갈 수 있는 사람들은 같은 부족 출신으로 전도자가 된 사람들뿐이다. "주여! 더 깊은 산속으로 나를 보내주소서!" 하는 기도가 저절로 나왔다.

선교센터 무용론

만약에 어느 누가 "선교사 입장에서 제일 좋아하는 성경 말씀은 무엇입니까?"라고 묻는다면, 나는 지체없이 마태복음 4장 23절의 말씀이라고 답할 것이다. "예수께서 온 갈릴리에 두루 다니사 저희 회당에서 가르치시며 천국 복음을 전파하시며 백성 중에 모든 병과 약한 것을 고치시니…" 선교사들이 선교 사역을 감당하기로는 이보다 더 모범적인 답안지는 없다는 생각이다. 첫째는 복음전파요, 모든 병과 약한 것을 고치는 사역은 그다음이다. 그렇다면 복음전파를 어떻게 하셨고 모든 병과 약한 것을 어떻게 고치셨던가! 두루 다니시면서 복음을 전하셨고 모든 병과 약한 것을 고치셨다는 사실이다.

두루 다니셨다는 기사는 9장 35절에서도 찾아볼 수 있다. "예수께서 모든 성과 촌에 두루 다니사 저희 회당에서 가르치시며 천국 복음을 전파하시며 모든 병과 모든 약한 것을 고치시니라." 여기서 두루 다닌다는 것은 한곳에 머물러 있지 않고 골고루 다니면서 복음을 전했다는 이야기이다.

예수께서는 제자들을 파송할 때도 그렇게 하도록 하셨다. 어느 날 열두제자를 모으시고 파송하면서 여러 가지 교훈을 하셨다. 그 말씀에 의지하여 사역지에 투입된 제자들은 누가복음 9장 6절의 말씀과 같이 "제자들이 나가 각 촌에 두루 행하여 처처에 복음을 전하며 병을 고치시더라."라고 함과 같이 제자들도 두루 다니면서 복음을 전했다. 여기서 처처(處處)는 여기저기를 의미한다. 그것이 예수께서 세우신 복음전도자의 자세요, 오늘날도 선교사들이 명심해야 할 선교방법의 원칙이 아닌가 한다.

복음을 전파하기 위해서는 집 밖으로 계속 나가야 한다. 어떤 특정 지역에 앉아서 사람들을 불러들일 것이 아니라 그들을 찾아 나가야 된다는 교훈이다. 예수께서는 복음전파를 위하여 3차에 걸쳐서 갈릴리 사역을 하셨는데, 1차 눅4:14, 2차 눅7:1~8, 3차 눅9:1~6에 나타난 사역과 같았고, 사도바울 또한 3차에 걸쳐서 복음전파를 위하여 선교 여행을 하였는데, 1차 A.D. 46~48년, 2차 A.D. 49~52년, 3차 A.D. 53~57에 걸쳐서 이루어졌다. 이는 복음전도자가 한 자리에 있지 않고 두루 다니면서 복음을 전해야 한다는 교훈에 다름 아니다. "아름답도다. 좋은 소식을 전하는 발이여!(로마서10:15)"

그런데 어느 누가 있어서 복음을 나가서 두루 다니면서 전하지 않고 집에 앉아서 전하려고 한다면 과연 예수님이 기뻐하실까 생각해 본다. 집에 앉아서 복음을 전하려면 사람들을 불러들여야 하는 문제가 있다. 그래서 언젠가 선교센터를 오래 하는 어떤 선교사에게 이 점에 대해서 문의한 바 있다. "선교센터에서 무슨 사역을 어떻게 하십니까?"라고 하였더니 대뜸 하는 말이 "동원사역을 합니다!"라고 하여서 의아한 마음이었다. 그런데 나중에 알고 보니 선교센터 사역을 진행하기 위해서는 사람들을 많이 불러들여야 한다는 것이었다. 그래서 이리 뛰고 저리 뛰곤 하는데 이는 복음전파를 위해서가 아니라 사람들을 많이 끌어 모으기 위해서이다.

복음을 들고 발로 뛰면서 전한다는 것은 개척전도를 한다는 이야기이다. 따라서 선교사들은 마땅히 예수님이나 사도바울처럼 두루 다니면서 복음을 전해야 한다는 생각이다. 그렇게 하다 보면 선교 사역의 첫째 과업은 자연히 개척전도가 되는 것이고, 그 외의 사역은 모두가 후순위가 될 수밖에 없다는 결론이다. 그렇다고 선교센터에서 이루어지는 교육사역 등 여타사역이 중요하지 않다는 말은 아니다. 문제는 동원사역이 인위적으로 이루어지고 있다는 것이고 그것이 개별적이라는 사실이다. 그렇게 하다 보니 선교사마다 각자 선교센터가 필요하게 되었고 심하게는 선교센터가 사유화가 되는 일까지 생겨서 축재의 한 방편으로 악용되고 있는 예도 없지는 않다는 것이다.

1~2헥타르에 달하는 거대한 대지에 농사를 지으면서 유유자적하는 경우가 있는가 하면 대도시에 2~3층짜리 선교센터를 짓고 안정적으로 선교사역을 하는 것을 보면 부럽기는 하지만, 건축비만 해도 1억 원~2억 원은 들었을 것이기에 쓸데없이 선교비를 낭비한 것만 같은 아쉬운 마음이다. 우리의 경우 1억 원이면 지방교회 10~20개를 건축하여 봉헌할 수 있는 선교후원금인데 말이다. 낙도나 밀림 속에 성전을 건축하는데 1개 교회 1천만 원씩이다. 성전을 건축하려고 하는데 1천만 원만 후원해 달라고 하면 후원이 잘되지 않으나, 선교센터 짓는데 1억 원 후원해 달라고 하면 후원이 잘 되는 한국적인 선교풍토를 아쉬워하지 않을 수 없다.

선교센터가 왜 필요한가? 그것도 선교사마다 다르다. 발로 뛰면서 개척전도를 하는 선교사들에게는 선교센터가 적폐청산의 대상이 아니겠는가 하는 생각을 거듭하게 된다.

빗나간 선교

　　믿는 도끼에 발등 찍힌다는 말이 있다. 그런데 그런 끔찍한 사항이 내게 해당하는 말이었을 줄이야! 분통이 터졌다. 믿었는데, 그래서 아무 의심도 하지 않았는데, 그만 발등이 찍혔다. 허망해지는 마음이었다. 세상에서는 정말 믿음이 없다는 것을 새삼스럽게 깨닫게 되었다. 찍혔다고 해서 단번에 찍힌 것은 아니었다. 오랫동안 서서히 찍혀서 찍히는 줄도 몰랐던 것이 문제라면 더 큰 문제였다. 그래서 더 열불이 났다. 그런 나에게 누가 "바보!"라고 손가락질을 한다면 자책할 수밖에 없는 일이었다. 믿는 마음에 잘해 주겠지! 양심껏 하겠지!'라고 하다가 낭패를 당한 꼴이다.

　　그렇게 내게 낭패를 안겨준 사람은 딸과 같았던 동역자였다. 어렸을 때부터 나를 따라면서 신앙생활을 하였고, 지금은 내가 개척해서 설립한 교회의 담임으로 사역하고 있는 마리빅이라는 목회자이다. 그녀를 만난 것은 30년 전이었다. 어느 선교사 집에서 식모로 일하고 있었는데, 믿음이 좋았고 어찌나 성실하였던지 눈여겨 보았다가 내 사람으로 키워서 목회자까지 되게 했던 사람이었다. 결혼 후에 남매를 낳았는데, 아이들이 대학교에 다닐 때는 장학금을 주어서 공부하게 하였고, 집이 없어서 이리저리 떠돌아다닐 때는 선교센터라는 이름으로 지원을 받아서 집을 마련해 주었다. 이에 보답이라도 하듯이 마리빅은 선교지 정탐과 교회개척 등 자원하는 마음으로 얼마나 많은 일에 공헌하였는지 모른다. 그러던 그녀가 내 뒤에서 나의 믿음을 악용하여 온갖 부정행위로 치부하고 있었을 줄이야 어찌 예상이나 했을 것인가!

문제가 생긴 것은 우리가 성전건축을 본격적으로 하면서부터였다. 2000년도 이후에 우리가 세운 선교목표는 100개 교회 개척과 100개 교회의 성전을 건축하는 일이었는데, 2010년쯤에는 서서히 열매를 맺어서 50개 교회의 성전을 건축하여 봉헌할 수 있게 되었다. 교회는 모두 우리가 개척해서 설립한 교회였고, 낙도나 산골짜기에 있는 척박하기 그지없는 교회들이었다. 그래서 성전을 건축함에서는 자재운반 등 거리상으로나 지역상으로나 성전을 건축하는 데 어려움이 적지 않았다. 준공하기까지는 대개 3개월 정도의 기간이 소요되었다.

성전을 건축하면서 지속해서 제기되는 문제는 두 가지였다. 첫째는 건축자재를 구매하는 일에 있어 현금을 준다든가 자재를 단번에 사주어서는 안 된다는 것과 둘째는 공사가 진행되는 동안 낙도나 산골짜기 등지에서 내가 현장을 사수하면서 계속해서 공사를 지휘 감독할 수가 없었다는 점이다. 공사대금을 현금으로 준다든가 자재를 단번에 사주는 일에서는 현지목회자가 전용하는 일이 자주 발생하고 있었기 때문이고, 내가 현장에서 숙식을 같이하면서 공사를 진행한다는 것이 너무나 힘들었기 때문인데, 유방암으로 한쪽 유방 절제수술을 받았기 때문이었다. 그래서 차선책으로 자재 구매와 공사감독 등 성전건축 사역을 부득불 현지에서 사역하고 있던 마리빅에게 부탁할 수밖에 없게 되었다는 것이 문제의 시말이다.

마리빅은 일을 잘 수행해 주었다. 기공예배를 드린 후에는 자재비를 세분해서 송금하였는데 터 잡기에 얼마, 벽 쌓기에 얼마, 지붕 얹기에 얼마, 창문과 정문제작에 얼마 등등을 단계별로 보내서 일을 진행하도록 하였다. 그렇게 몇 년이 지났을 때였다. 이상한 일은 견적서에 기재되어 있는 시멘트, 벽돌, 철근 등 자재비가 수년 동안 변동이 없었고 똑같음을 발견하게 되었고, 그때부터 생긴 의심이었다. 자재비는 오르기도 하고 내리기도 한다. 그래서 확인 차 보관시켰던 자재비 영수증을 요구하게 되었으나 분실하였다고 하였고, 그래서 다음부터는 영수증을 꼭 보내라고 독촉을 했으나 이에 지속해서 불응함으로 나는 그때야 정신을 차리고 마리빅과의 동역 관계를 뒤늦게나마 청산하게 되었다는 사실이다.

어찌 상상이나 하였으랴? 남편이 시의원에 출마한다고 해서 처음에는 선거운동을 무슨 돈으로 어떻게 하는가 했었다. 포스터를 제작해서 사방에 붙이고 사람들을 고용하여 선거운동을 하는 등, 비용이 장난이 아니었을 텐데 말이다. 낙선하였고, 몇 년 후에 또 출마하여 낙선한 사실을 보고 나중에 깨달은 사실이지만, 그동안 우리가 도둑을 키워왔다는 사실을 인정하지 않을 수 없었다. 믿고 의지한 결과이나 확인행정을 하지 않은 결과이기도 하니 마리빅을 그렇게 죄인 되게 만든 것은 바로 선교사인 나였다는 고백이다.

"주여, 죄인을 키우고 있었습니다. 선교하기가 좀 힘들다고 남에게 맡겨서 하다 보니 그리되었습니다. 순수하고 열정적이던 젊은 목회자인데 틈을 주어서 죄를 범하게 하였습니다. 용서하여 주시옵소서. 믿음은 믿음으로만 보답하게 하시고, 믿음을 악용하는 일이 도저히 없게 하시옵소서."

절규

　　벤지 목사(Ptr. Benjie)가 구제를 요청하는 메시지를 보내 왔다. 메트로 마닐라와 루손 섬이 Corona Virus 19로 봉쇄된 지 두 달이 지난 어느 날이었다. "Help me! 먹을 것이 없어요. 일거리도 없어요. 선교사님 도와주세요? 도와는 주시되 많이 도와줘야 해요!"라고 하는 내용의 호소문을 메신저에 담아서 보내온 것이다.

　How are you? I hope you are fine. I just want to ask for your help. We need a financial support. As this moment I can't work. because of COVED 19 are our place are lockdown. So it's hard for me to earn money to sustain our needs. I hope you can help me missionary Samjin Beak. Any amount that you desire to give us it will a big help from us. Thank you missionary Samjin Baek.

　Ptr. Benjie Ablong

　이것은 쉽지 않은 일이었다. 선교 현지의 목회자가 사역 외 먹거리를 위해서 후원을 요청하는 경우는 거의 없었는데 그런 요청이 당도한 일이다. 메시지를 받아 읽고 난 다음 문득 떠오른 생각은 "가난은 나라도 도와주지 못한다."라고 하는 속담과 "여호와께서 가라사대 은혜의 때에 내가 네게 응답하였고 구원의 날에 내가 너를 도왔도다. 내가 장차 너를 보호하여 너로 백성의 언약을 삼으며 나라를 일으켜 그들로 황무하였던 땅을 기업으로 상속케 하리라(사49:8)."라고 하는 두 개의 상반된 경구였다. 여기서 전자의 뜻은 어려움에 처한 사람을 도와주기란 끝이 없는 일이어서 개인은 물론 나라의 힘으로도 구제하지 못한다는 부정적인 말이고, 후자의 뜻은 사람이 어떤 경우를 당하든지 믿음을 갖고 살면 은혜 가운데 궁극적으로 구원을 받게 되리라고 하는 긍정적인 말이었다.

벤지 목사는 내가 30년 전에 선교사로 파송된 후에 첫번째로 개척한 교회의 목사였다. 목회는 하였지만, 교회가 미자립(未自立)이라 평시에는 목수의 일을 하면서 다녔다. 목수 일을 하면서 다녔다고 하는 것은 교회가 목사에게 사례비를 줄 형편이 아니었기 때문이다. 20~30명이 모여서 예배를 드렸는데, 주일 헌금이 1,000페소(25,000원) 미만이었다. 교회에 재정이 없었으므로 목사의 사례비는 별도로 책정하지 않았고, 설교할 때만 그때그때 500페소를 지급하는 것으로 하고 있었다. 근본적으로 생활이 안 되는 액수였고, 무노동 무임금이므로 설교를 하지 않을 때는 그나마도 사례비를 받지 못했다. 그렇다면 그동안 목회자가 목회하면서 어떻게 밥을 먹고 살았으며 아이들 교육은 또 어떻게 하였을 것인가? 목사가 부득불 투잡을 가지고 뛸 수밖에 없는 이유가 바로 여기에 있었다는 사실이다.

목사가 세상 직업을 가지고 돈벌이를 하고 있다니? 한국에서는 상상도 할 수 없는 일이다. 그렇다고 선교사가 현지목회자의 생활비 일체를 책임지고 목회에만 전념토록 할 수도 없는 일이었다. 그래서 가장 바람직한 목회방법은 "그러면 무엇이냐 겉치레로 하나 참으로 하나 무슨 방도로 하든지 전파되는 것은 그리스도니 이로써 나는 기뻐하고 또 기뻐하노라(빌1:12~18)."라고 한 사도바울의 말을 상기하게 되는 것이다. 그런 의미에서 보면 벤지 목사는 지금까지는 선교사 후원 없이 자전자립 정신으로, 독립적으로 목회를 성실하게 수행해 온 목회자 중 한 사람이 되는 셈이다.

그런데 이제는 더 어찌할 수가 없게 된 모양이었다. 코로나바이러스가 필리핀에 상륙하여 창궐하였고, 메트로 마닐라에 lockdown이 시행된 후에는 사람들 간의 사회적 거리두기는 물론, 지역 간의 거리두기로 옴짝달싹할 수도 없게 되었다는 사실이다. 마을과 마을, 도시와 도시를 통과할 때 지역마다 검문검색이 시행되고 있었다. ECQ(Enhanced Community Quarantine) 조치규정을 어기는 자들에 대해서는 더는 경고훈방 조치는 없고 검거되었다. 규정 위반에 해당하는 사항은 사회적 거리두기 위반과 마스크 미착용, 그리고 허락되지 않은 외출 등이었다. 그로 인하여 현재 감염된 사람이 6,710명이고 사망자가 446명이다. 경제는 파탄 직전이고, 인적교류조차 끊어진 황무한 세상이 되어 버린 형국이다. 그것이 벌써 두 달째 계속되고 있는 현실임에 코로나바이러스에 죽는 사람들보다 굶어 죽는 사람들이 더 많아지게 되리라는 생각마저 하게 된다.

깊은 탄식이 나왔다. 그러나 어찌 생존을 위해 절규하고 있는 사람들이 벤지 목사 한 사람뿐이겠는가? "주여! 선교는 차순위입니다. 구제를 요청하는 사람들에게는 믿든지 믿지 않든지 간에 그들의 필요를 채워 줄 수 있는 총체적인 선교를 할 수 있게 하시옵소서!"라는 기도를 저절로 드리게 된다. 2020.04.22.

자그마한 참회록

하나님!

"며칠 전 경기도 평택에 있는 부모님 묘소를 찾아뵈었습니다. 오랜만의 일입니다. 서울에서 시간상으로는 한 시간밖에 걸리지 않지만 2, 3년에 한 번 찾아뵙는 것이 고작이었기에 부끄러운 마음이었습니다. 한식과 추석 때는 시집 식구들을 따라 시부모님 묘소에 가야 했음으로 부모님에게는 마음만 있었을 뿐입니다.

그렇게 부모님을 찾아뵌 것은 가을의 어느 날이었습니다. 부모님 묘소 주변에는 코스모스가 한참 피어 있었고 호랑나비 한 쌍이 높푸른 하늘을 배경으로 날아다니고 있었기에 묘소는 포근하였고 평온하기까지 하였습니다. 그 정겨움에 울컥 눈물이 솟았습니다. 찾아오는 사람 하나 없이 다만 자연만을 벗해서 살고 계셨다는 생각에 가슴이 아렸습니다. 그러나 두 분이 나란히 정다이 누워계신 것을 볼 때 아마 천국에의 길도 그런 아름다운 동행의 길이었을 것이라는 생각에 다소나마 위로가 되었습니다.

아버님과 어머님의 묘소 사이에 가만히 앉아보았습니다. 안온한 느낌이 들었습니다. 그리고 조용히 생각에 젖었습니다. 나 어렸을 적 부모님과 같이 살았을 때의 생각과 나 혼자 되었을 때의 여러 가지 생각입니다. 그러다 보니 내게 남아 있는 그분들의 흔적은 어떤 것일까? 여러 가지 교훈과 질책이 있었을 터인데 일일이 생각나지는 않았지만, 부모님으로 인하여 오늘날 나의 나 되었음을 생각하지 않을 수 없었습니다. 철이 채 들기 전인 열두 살이라는 나이에 내 곁을 떠나신 부모님이셨기에 원망을 말하려면 한이 없지만, 그저 감사한 것뿐이라는 생각이었습니다."

하나님!

"저는 여기서 무엇보다 부모님에게 용서를 구해야 한다는 사실이 먼저임을 깨닫지 않을 수 없었습니다. 예수를 믿지 않았을 땐 감히 생각을 못 했던 일이었지만, 시집와서 예수를 믿게 되었고, 조금 더 지나서 신학을 공부한 후에 전도사 생활을 하게 된 일과, 조금 더 지나 남쪽 나라에 선교사로 파송되어 낙도와 밀림 속에서 헤매면서 봉사를 하게 된 일들을 생각하면, 예수님의 이름도 모르고 돌아가신 부모님을 먼저 생각하게 되었다는 술회입니다. 부모님의 안위는 생각지도 않은 채 오로지 영생 복락의 길을 나 혼자만을 가고 있는 것 같았기 때문입니다.

늦게 시작한 신학 공부였습니다. 야간대학이었지만, 사명감에 불타는 젊고 발랄한 아우들과 호흡하며 기도하면서 공부하던 때가 엊그제 같은데, 그때부터 나 혼자 생명의 길에 들어설 수 있었다는 생각이고, 지금까지도 쭉 부모님을 비롯하여 친정식구들은 생각지도 않고 지냈다는 생각입니다. 부모님이 예수 이름은 들어보지도 못한 채 돌아가신 것이 제일 가슴을 아프게 합니다. 부모님이 살아계셨다면 지금도 열심히 전도하였겠지요. 그러나 현실 세계에 부모님이 안 계시니 영영 전도할 기회도 없게 된 것이지요."

하나님!

"아버지는 유학자셨습니다. 수원백씨 대동보를 편찬한 분이셨으니까요. 저는 어렸지만, 부모님의 철두철미한 유교사상 속에서 자란 것이 사실입니다. 도덕교육만이 집안을 가득 지배하고 있었다는 추억입니다. 1년에 두 번씩 때가 되면 꼭꼭 차례를 드렸던 일과 제사상을 차릴 때 부지런히 심부름하던 일들이 절로 생각납니다. 그러나 그것이 잘못된 가풍이요, 잘못된 행실이었다고는 생각지 않습니다. 오늘날 내가 예수를 믿고 선교사로 파송되어서 열심히 복음을 전하고 있는 것은 오로지 아버지의 엄격하신 가르침 덕분이라고 생각합니다. 유교사상을 뒤로하고 신학에 입문한 그런 나를 두고 아버지께서는 '막둥아, 참 잘하였다!'라고 칭찬해 주실 것이 분명했기 때문입니다."

하나님!

"그분들이 예수님을 모른 채 세상을 떠나셨으나 양심껏 선하게 사신 것을 헤아려 주시고, 죽은 자들의 영혼을 위해 기도할 수는 없지만, 그분들의 영혼을 위하여 간구하오니 두 분이 지금이라도 동행하여 천국에 문에 이르도록 인도하여 주십시오!라고 기도하고 싶어집니다. 하나님! 이렇게 드리는 기도는 어찌 부모님을 위한 기도뿐이겠습니까? 저, 믿지 않는 친정의 형제자매들, 조카들, 이웃과 친지들 그리고 세계민을 위해서도 기도해야 한다는 사실을 깨닫게 됩니다."

하나님!

"그래서 나를 위해 이렇게 나에게 질문을 던져봅니다. 너는 과연 하나님 앞에 떳떳이 설 수 있느냐? 자녀로서의 본분을 다하면서 살고 있느냐? 너는 과연 딸로서 부족함이 없었는가? 하나님께서 '네가 어디 있는가?'라고 부르실 때 '내가 여기 있나이다!'라고, 과연 담대히 대답할 수 있겠는가?"

하나님!

"삶을 통하여 하나님의 마음을 시원케 해드려야 했는데 그리하지 못했습니다. 오히려 하나님의 영광을 가리면서 살아온 일생입니다. 숱한 우여곡절이 있었으나 그때마다 피할 길을 주신 하나님께 감사할 줄도 몰랐습니다. 주안에서 부모님께 순종하라 했는데 시어머님의 마음도 편안케 해드리지 못했습니다. 자기 남편에게 복종하라 했는데 복종하면서 살지도 못했습니다. 너희 자녀를 격노케 하지 말라 하였는데 내 마음의 방향대로 살면서 자녀들의 마음을 상하게 한 것이 한두 번이 아니었음을 고백합니다. 이런 것들이 모두 다 하나님의 가슴을 아프게 하였다는 사실을 지금에야 깨닫습니다."

하나님!

"어느덧 팔순을 바라보는 나이입니다. 그러나 주님 앞에는 아직도 갈 바를 모르고 헤매는 어린 양일 뿐입니다. 부모님 앞에는 아직도 치기 어린 막둥이 딸일 뿐이고요. 제가 다닌 신학교의 교훈이 1. 하나님께 충성, 2. 타인에게 겸손, 3. 자기에게 충실인데, 앞으로의 여생도 하나님과 부모님 앞에서 그렇게 살아갈 수 있도록 맹세를 다짐해봅니다. 한적한 묘역에서 천생배필로 오순도순 손잡고 영원을 살고 계시는 친정아버지와 어머니에게 안녕을 고하면서~."